MAGIE DE SANG

UNE AVENTURE DE FANTASY URBAINE

TRILOGIE MAGIE DE SANG
TOME DEUX

MARIE-HELENE LEBEAULT

Mentions légales

BEACHES AND TRAILS PUBLISHING
BOOKS THAT MAKE YOU FEEL GOOD

CHAPITRE PREMIER

Le sang sur les mains de Tom grésillait et crépitait comme du beurre dans une poêle chaude. Tom sentait la chaleur s'accumuler dans sa poitrine tandis que son cœur battant propulsait du feu dans ses veines. La puissance pulsait au rythme de son cœur. C'était à la fois terrifiant et enivrant. L'air autour de lui crépitait d'énergie comme si la foudre était emmagasinée dans sa poitrine, prête à exploser. Ses sens s'aiguisaient.

Il pouvait entendre les incantations à l'extérieur. En regardant, il vit les protections magiques scintiller et vaciller. Le Maître se tenait devant le portail, ses robes noires flottant dans le vent. Ses mains tendues semblaient chercher à atteindre les grilles. Trois rangées bien alignées de dix disciples derrière lui imitaient leur Maître, bras tendus. Leurs yeux étaient fermés par la concentration et leur pouvoir combiné commençait à affaiblir les protections. Tom craignait que les barrières ne cèdent.

Tom supposait qu'il aurait dû être terrifié. Après tout, l'Académie Harding avait envoyé des Sorcières à la résidence Callahan chaque jour pendant une semaine pour établir et renforcer ces protections, couche par couche. La magie noire que Le Maître et ses sbires tissaient était plus puissante que les barrières. Ils pénétreraient bientôt dans la maison.

Tom se prépara au combat. Il sentit son corps trembler. Était-ce de peur ou à cause de la puissance qui coulait en lui ? Il n'aurait su le dire. Peut-être que cela n'avait pas d'importance. Il planta fermement ses pieds et s'efforça de se calmer. Les Sorciers qui attaquaient les barrières n'étaient pas des adolescents. C'étaient des hommes et des femmes adultes, très probablement formés par Le Maître lui-même. Chacun d'entre eux était sans doute plus fort que Tom, et pas seulement en termes de force brute. Ils connaissaient plus de sorts, probablement des sorts dont il n'avait jamais entendu parler. Des sorts obscurs que personne n'était censé utiliser.

Il tourna lentement en cercle, essayant de réfléchir à comment se protéger. Le palier du premier étage lui offrait une vue dégagée sur la porte d'entrée et le vestibule. *Et s'ils entraient par les chambres ?* Ils étaient peut-être les sbires d'un Sorcier maléfique, mais ils pouvaient certainement escalader les murs et entrer par l'une des chambres. Tom se précipita dans le couloir, ouvrant chaque porte qu'il trouvait. Ils n'allaient pas le prendre par surprise !

Il avait peut-être déjoué leurs plans une fois auparavant, mais il doutait qu'ils soient venus pour le tuer. Du moins, Tom espérait que ses pouvoirs leur étaient encore trop importants. Cela lui donnerait de précieux instants pour riposter pendant qu'ils essaieraient de le capturer vivant. Chaque partie du corps de Tom tremblait. Le Professeur aurait déjà dû être revenu avec des renforts. *Le Maître était-il si puissant qu'il pouvait bloquer les Portes ?* Cette pensée envoya une nouvelle vague de frissons à travers le corps de Tom.

Il se ressaisit. Il ne pouvait pas se permettre d'être distrait, ni de céder à la panique. Tom examina le palier à la recherche d'armes ou d'outils potentiels. Miroirs, tableaux, bibelots, tout passa sous son regard évaluateur. Il pensa qu'il devrait avoir un plan, mais rien ne lui vint à l'esprit. Il mémorisa l'inventaire pour s'y référer plus tard. Quoi d'autre avait-il ?

Le professeur Montague lui avait enseigné quelques mouvements défensifs. La vérité, c'est qu'il n'en avait pas appris assez. Certainement pas assez pour le préparer à une telle confrontation. Mentalement, il passa en revue les manœuvres de blocage et de bouclier. Prenant une profonde inspiration, il pria pour pouvoir tenir la position jusqu'à l'arrivée des secours.

Tom avait passé des semaines à apprendre à contrôler ses émotions, à maîtriser sa colère afin de pouvoir concentrer sa Magie. Il pouvait entendre le Directeur conseiller la prudence dans un recoin de son esprit, mais cette situation était différente. Tom laissa maintenant son sang bouillir. Sa famille était en jeu.

Quand sa mère avait été poussée à travers la Porte vers la sécurité, il avait délibérément oublié tout cela et avait laissé son sang bouillir. Le professeur Thunderbolt avait regardé Tom et lui avait fait un signe d'encouragement. Dès qu'il avait franchi le seuil vers la sécurité relative de L'Académie, la Porte avait disparu.

Le poids de la Clé que Tom portait était rassurant. Il était un Voyageur, après tout. S'échapper de cet endroit serait aussi simple que d'invoquer une Porte à partir de rien et de disparaître en un instant. Mais c'était sa maison. La maison de sa famille. La maison de son père. Tom ne voulait pas et ne pouvait pas l'abandonner si facilement. Pas après tout ce que sa famille avait enduré. Il était prêt à se battre, mais il avait besoin d'un plan.

Les incantations au portail s'intensifièrent. Sous la cadence, Tom entendit le portail commencer à grincer en s'ouvrant. Il prit une autre profonde inspiration et essaya de se recentrer. En regardant par la fenêtre, il vit que les barrières de la maison tenaient encore et y trouva un certain réconfort. Pourtant, elles n'étaient pas aussi puissantes que celles du portail, celles que Le Maître avait déjà anéanties.

Il eut une idée folle. Si sa Magie de sang pouvait être intégrée aux barrières, cela les renforcerait-il suffisamment pour lui faire gagner du temps ? Le professeur Thunderbolt avait promis de revenir avec des renforts, Tom devait seulement retarder suffisamment longtemps pour qu'il revienne. Tom était seul. Il ne demanderait jamais à un ami de se mettre en danger. Le nombre impressionnant de Sorciers en robe, sans parler du Maître lui-même, rendait la situation beaucoup trop dangereuse. Tom sentait qu'il avait une chance de mettre fin à tout cela avant que quelqu'un d'autre ne soit blessé.

La partie de son esprit qui ne se concentrait pas sur les barrières s'agitait de questions. Comment Le Maître pouvait-il même *voir* la maison ? Les barrières étaient censées cacher la maison à ceux qui n'étaient pas invités. C'est ce que les Sorcières avaient promis, s'étaient-elles trompées ? Le Maître était-il si puissant, ou y avait-il quelqu'un à l'Académie Harding qui travaillait contre eux ? Si oui, qui ? Il commença à passer en revue la liste des personnes qu'il avait rencontrées à la nouvelle école et, à son grand désarroi, il réalisa qu'il avait perdu sa concentration et que les barrières faiblissaient à nouveau.

Il déversa plus d'énergie dans les barrières et sentit la maison trembler tandis que les protections luttaient pour résister aux forces obscures. La maison bougeait comme secouée par un tremblement de terre, les portes et les fenêtres s'entrechoquant. Quelque part, du verre se brisa. La lumière de l'énergie de Tom se déversait dans les lignes telluriques des deux côtés, et elle devint douloureusement brillante. Les yeux de Tom brûlaient et le démangeaient, et un point de douleur aveuglante explosa à l'arrière de sa tête, se transformant en une douleur lancinante. Il avait trop peur de détourner le regard, de crainte de perdre à nouveau sa concentration, mais à ce moment-là, la lumière flamboya, l'obligeant à se protéger automatiquement les yeux.

Les incantations cessèrent. Pendant un moment de silence, Tom se tint dans l'obscurité totale. Ses yeux, si habitués à la lumière aveuglante qui n'existait plus, prirent leur temps pour s'adapter à la pénombre relative. Il s'efforça d'entendre le moindre son en attendant de pouvoir voir à nouveau. Mais dehors, les Sorciers étaient devenus aussi silencieux qu'une tombe. Les poils se dressèrent sur la nuque de Tom et des frissons parcoururent ses bras. Alors que ses yeux retrouvaient leur capacité à voir, les seuls sons étaient le tic-tac-tic de l'horloge grand-père. Il essaya de regarder dans toutes les directions à la fois. Il n'y avait aucun bruit. Pas d'incantations. Rien. Tom réalisa que ce silence inquiétant était plus angoissant que les incantations.

Il fit un pas prudent vers le bord du palier et regarda en bas ; ses yeux fixés sur la porte. Il tendit prudemment son esprit et recula instantanément. Il pouvait *sentir* Le Maître de l'autre côté de la porte. Ils semblaient attendre qu'il fasse un mouvement, mais Tom gagnait du temps jusqu'au retour du Professeur. De plus, il avait appris en jouant aux échecs qu'il valait parfois mieux attendre et laisser son adversaire faire son mouvement et révéler son plan. Son estomac se noua et l'acide causé par la peur le rongeait. Quand l'horloge sonna, il poussa un cri et faillit sauter du palier.

Comme si c'était un signal, la porte d'entrée fléchit, et un grand BOUM résonna dans toute la maison. La porte trembla sur ses gonds tandis que les Sorciers la frappaient avec une sorte de bélier. Tom s'obligea à attendre, embrassant sa colère et sa rage. Un autre BOUM déchira la maison, mais cette fois, il put entendre le bois se fendre. Tom savait que la porte ne résisterait pas à un autre assaut de ce genre.

Avec un dernier BOUM, celui-ci portant une note discordante, interrompant la sombre symphonie des incantations par un fracas. La porte d'entrée éclata vers l'intérieur, projetant des éclats dans le sol.

Les Sorciers se précipitèrent dans la maison comme des cafards fuyant la lumière, leurs robes battant autour d'eux tandis qu'ils s'arrêtaient pour évaluer la pièce. Il savait qu'ils le cherchaient. Il combattit l'instinct de fuir et de se cacher. La peur commença à submerger la colère jusqu'à ce qu'il dût se forcer à rester où il était. Il concentra son énergie et tendit son esprit. Il rassembla les morceaux déchiquetés de la porte et les projeta sur les intrus en robe. Certains tombèrent, tandis que d'autres s'emmêlèrent les uns dans les autres, luttant désespérément pour rester debout.

— Il est là-haut ! cria l'un d'entre eux en pointant l'endroit où Tom se tenait. Tom réalisa soudain que son attaque n'avait fait que révéler sa position. Peut-être n'aurait-il pas dû frapper en premier. *Vais-je aller en enfer pour ça ?* Pendant un moment, il se demanda si la Magie de sang le rendait plus méchant. *Suis-je mauvais ?* Après tout, ses pouvoirs fonctionnaient toujours mieux quand il était en colère...

Il chassa cette pensée, il aurait bien le temps de réfléchir à cela, s'il survivait à cette journée. Il s'obligea à rester calme. Ils avaient défoncé la porte et étaient entrés dans sa maison, mais ils n'avaient pas encore essayé de lui faire du mal.

Les autres se regroupèrent autour de celui qui l'avait repéré, et tous leurs visages se tournèrent vers l'endroit où Tom se tenait. Il ne pouvait voir que des ombres sous les capuches de leurs robes. Pendant un moment long et surréaliste, personne ne bougea, ils se contentèrent de se regarder. Tom se demandait ce qu'ils attendaient, mais la réponse vint assez rapidement lorsqu'une voix rocailleuse cria : « Attrapez-le ! » Ces mots semblaient plus fatigués qu'en colère, mais cette simple phrase brisa le tableau. Les Sorciers se jetèrent dans les escaliers comme lors d'une course de taureaux.

Tom tendit à nouveau son esprit pour jeter une console dans la cage d'escalier. La première ligne de Sorciers tomba comme une rangée de quilles et Tom ne put s'empêcher de rire. Ceux de l'arrière, cependant, continuèrent sans entrave et n'étaient visiblement pas amusés. Tom souleva une énorme armoire sur leur chemin, mais l'un des Sorciers agita les doigts et elle tourna au-dessus de la rampe, se brisant sur le sol en bas sans faire de mal à ceux qui se trouvaient dans les escaliers.

Tom aurait aimé pouvoir transformer les marches en toboggan, de préférence glissant, et les regarder tous tomber les uns sur les autres. À défaut, il commença à jeter tout ce qu'il avait remarqué auparavant : des tableaux, des bibelots, des vases. Rien de ce qu'il lançait ne les arrêtait, mais ses actions les ralentissaient certainement. Tom lança une prière pour que le professeur Thunderbolt se montre, et vite.

— Attrapez-le simplement et finissons-en ! cria la même voix rocailleuse, exaspérée.

Tom ne pouvait pas voir la source de la voix, mais chaque Sorcier qu'il avait fait tomber se releva et reprit son avancée. De toute évidence, leur jeter des objets n'était pas une stratégie gagnante.

Le souvenir de l'explosion qui l'avait sauvé dans le donjon lui revint. Pourrait-il la reproduire maintenant ? S'il projetait le bouclier et le lançait sur eux, que se passerait-il ? La meilleure question était :

pourrait-il le refaire si ce n'était pas *exactement* une situation de vie ou de mort ?

Une boule d'énergie orange se dirigea vers sa tête et Tom fut presque soulagé de la voir. Eh bien, ils lui *tiraient* dessus, pour ainsi dire. Il leva rapidement son bras, le bouclier se matérialisant pour le protéger. Ce devait être un test pour voir s'il pouvait utiliser la magie défensive car soudain, il pleuvait du feu et de la lumière. Les Sorciers venaient de porter l'attaque à un nouveau niveau. Les gants étaient tombés maintenant.

Les boules d'énergie remplissaient l'air et Tom devait se déplacer constamment pour s'assurer qu'elles ne passaient pas son bouclier. *Ils utilisent mes propres tactiques contre moi. Je suis occupé à me défendre contre ces tirs pendant que d'autres Sorciers dépassent mes défenses.* Trente contre un. Ça ne semblait guère équitable. Il y avait sûrement des règles pour ce genre de choses. Il sentit la colère revenir, le réchauffant. Il l'accueillit. Le sang s'accumula dans ses mains et son visage brûlait. Sa peau s'embrasait de rage et son estomac bouillonnait de fureur.

Tandis que son bras gauche maintenait le bouclier en place pour bloquer les sorts et les boules de feu, il tira son bras droit en arrière comme s'il rassemblait de l'air et poussa de l'énergie pure vers les assaillants. Ils volèrent en arrière et dévalèrent les escaliers, atterrissant en tas au bas de l'escalier.

Cela ne sembla que les mettre davantage en colère. Ils renouvelèrent leur assaut, le bombardant d'une nouvelle vague de boules de feu et de sorts. Tom les dévia assez facilement, mais l'effort commençait à se faire sentir. Maintenir le bouclier n'avait pas nécessité beaucoup d'énergie, mais sa contre-attaque l'avait épuisé. Il ne pourrait pas continuer ainsi beaucoup plus longtemps. La respiration qu'il tirait dans ses poumons brûlants lui écorchait la gorge et il commençait à perdre espoir.

Pendant ce temps, Le Maître perdait patience.

— Assez de ces bêtises ! La voix du Maître prit une nouvelle note de fureur. Même le volume de son exclamation ne dissimulait pas le son de pierres qui s'entrechoquent dans sa voix. Cela prend beaucoup trop de temps !

Tom sentit un frisson parcourir sa colonne vertébrale quand il réalisa à quel point cette voix était proche. Le cri venait de l'intérieur de la maison.

Le Maître était arrivé.

CHAPITRE DEUX

— Laissez-nous.

Le silence qui suivit l'assaut était absolu. Une fois encore, seul l'idiot *tic-tac-tic-tac* de l'horloge grand-père osait interrompre le lent bruissement de pas des Sorciers qui sortaient. Les oreilles de Tom étaient emplies du bruit de son sang, son précieux sang, qui coulait dans ses veines et de la chaleur de sa respiration qu'il tirait à travers sa gorge desséchée.

Tom s'approcha de la rambarde pour apercevoir son ennemi. Il n'y avait personne.

Ce n'est que lorsque le dernier des Sorciers eut franchi la porte ouverte que Le Maître passa le seuil. Il entra d'un pas décontracté, comme s'il était simplement sorti un instant et revenait pour une visite. Sa capuche couvrait son visage, rendant impossible de voir grand-chose de lui, mais un rictus mauvais et cruel se dessinait juste sous le bord du tissu.

Le Maître jeta un regard circulaire dans la pièce et secoua la tête. Il fit claquer sa langue en voyant les dégâts et haussa les épaules. — On n'envoie jamais des gamins faire le travail d'un homme. Il regarda les débris à ses pieds et fit un geste dédaigneux de la main. Les morceaux brisés de la porte d'entrée frémirent et s'élevèrent. Ils lévitèrent un instant, volèrent devant lui et se réarrangèrent pour former une porte. Le Maître fit un geste vers la porte. Elle se ferma avec un bruit sourd et rassurant, signe qu'elle était à nouveau complète. — Maintenant, nous avons un peu d'intimité.

Intimité ? Tom déglutit difficilement. *Gagne du temps. Gagne du temps jusqu'à l'arrivée des secours.*

Le Maître examina le reste des débris, l'armoire fracassée, les bibelots brisés. — Je vous présente mes excuses pour ce désordre.

Tom se trouva incapable de parler, il se contenta de hocher la tête en silence.

— Jameson avait raison. Le Maître leva la tête pour fixer Tom sous sa capuche. — Tu es vraiment très puissant, n'est-ce pas ? Je dois admettre que je suis impressionné. Ton temps à l'Académie Harding a été bien investi. Il agita sa main droite, un petit geste, à peine perceptible, et les morceaux de l'armoire se réassemblèrent. En quelques instants, l'armoire se dressa, majestueuse et brillante, et se posa à l'endroit où elle était restée pendant de nombreuses années. Si quelque chose avait changé, elle semblait plus neuve, meilleure qu'elle ne l'avait été.

— Tu seras un excellent élève. Un autre geste et l'un des vases se redressa soudainement sur une table d'angle, les éclats se fondant jusqu'à ce que les lignes de fracture disparaissent. Un par un, les débris du combat flottèrent çà et là, retournant silencieusement à leur place. C'était peut-être la chose la plus déconcertante de toutes, que Le Maître se souciait du foyer de Tom.

— Maintenant, assez de ces jeux. Je vais te demander de venir avec moi. Il y avait une dureté dans les mots du Maître. Bien que sa posture fût détendue, presque ennuyée, Tom pouvait entendre l'ordre impérieux sous les mots apparemment bénins.

— J'ai dit à Jameson que je ne rejoindrais pas votre culte. Les mots de défi sortirent dans un croassement alors que Tom les forçait à passer ses lèvres, qui semblaient trop sèches. Le Maître ne dit rien, mais sa main dirigea un geste vers le balcon près de Tom, et quelque chose s'agita derrière lui.

L'armure décorative, l'une des choses que Le Maître avait réassemblées, avait bougé. Lentement, comme si elle s'éveillait d'un profond sommeil ou se relevait d'entre les morts, la pièce se déplaça. Ses mouvements étaient saccadés et hésitants. Les membres se pliaient étrangement, comme s'ils essayaient de remettre de vieux os en place. Le froid qui parcourut soudainement Tom le fit frissonner et il se trouva incapable d'avaler sa salive.

Fais quelque chose. Tu dois faire quelque chose.

D'une manière ou d'une autre, Tom leva la main et forma à nouveau le bouclier, le poussant contre le Gollum métallique, comme il l'avait fait contre les Sorciers. Au lieu d'être projeté en arrière, l'armure vide s'arrêta simplement un moment puis passa à travers les défenses de Tom comme si elles n'existaient même pas. Il risqua un coup d'œil vers Le Maître, mais l'homme était toujours au rez-de-chaussée, ce sourire suffisant toujours présent brillant sous la capuche.

L'armure animée continuait d'avancer. Lente mais résolue, elle réduisait la distance. Le bouclier de Tom était inutile contre elle. Le monstre continuait d'avancer.

Un rire qui se répercutait s'éleva du sol en dessous.

— Je peux *sentir* ta peur, siffla Le Maître. Ses mots résonnaient de chaque coin de la maison, sans direction, sans source. Ils remplissaient les espaces et se répercutaient avec les sons métalliques et cliquetants de l'armure qui s'approchait.

L'armure balança son épée dans un arc mortel en direction du cou de Tom. Elle était étonnamment rapide et très létale. *Il essaie de me tuer !* En cet instant, toute confiance que Tom avait gagnée en se disant qu'ils voulaient seulement l'emmener avait maintenant disparu. Tom se baissa, s'écartant de la trajectoire de la lame. La créature se jeta en avant, avec une autre lame visant le ventre de Tom. Il glissa hors de sa portée, et la pointe de la lame arracha un morceau de sa chemise. Il poussa de l'énergie vers l'armure enchantée, espérant la renverser, mais tout ce qu'elle fit fut d'absorber le choc. L'armure ne pencha même pas sous l'impact.

— Je n'ai pas peur, cracha Tom d'un ton de défi. Son cri visait plus à renforcer son propre courage qu'à défier Le Maître. Pas que cela fonctionnât dans l'un ou l'autre cas.

— Tes yeux te trahissent. La voix du Maître se moqua de lui de partout à la fois. Encore une fois, l'armure balança la lame, cette fois-ci dans un arc qui aurait ouvert Tom du cou au ventre s'il ne s'était pas agenouillé. Il sentit sa panique monter, il n'y avait aucun moyen de vaincre cette monstruosité. Aucune magie ne l'atteignait. Tout ce qu'il jetait sur le monstre était absorbé. Il ne pouvait pas jouer indéfiniment à l'esquive avec une épée. Une construction magique ne se fatiguerait jamais, et elle n'allait certainement pas s'arrêter.

Tom était sur le point de bondir sur ses pieds pour esquiver la prochaine attaque quand il vit une opportunité qu'il avait manquée. Tom attrapa le bord du tapis et le tira de toutes ses forces. Ce fut suffisant pour que la créature perde l'équilibre et s'effondre au sol en un tas de métal.

C'était trop juste. C'était plus que suffisant pour partir. Il avait été assez arrogant pour croire qu'il pouvait affronter Le Maître. Se maudissant pour sa bêtise, il chercha sa Clé, mais elle n'était pas là. En un éclair, la chaîne fut arrachée de son cou. C'est alors que Tom connut la vraie peur. Il n'y avait rien, absolument rien de plus terrifiant pour un Voyageur que d'être sans sa Clé. Tom porta les mains à sa gorge comme s'il avait été étranglé.

Le Maître rit triomphalement, faisant danser la Clé de Tom comme une brute jouant à garder un objet hors de portée.

— Où sont tes vantardises maintenant ? le nargua Le Maître. — Ou as-tu vraiment peur ? Il éclata de rire, la cagoule tremblant d'hilarité. — Descends la chercher. Il fit tourner la Clé en cercles paresseux. — Tu as un grand potentiel inexploité, mon fils. Rejoins-moi, permets-moi de t'enseigner ce qu'est le *vrai* pouvoir.

C'était comme si la maison elle-même lui parlait, le son venant des murs, du plafond et des sols jusqu'à ce que Tom en soit assourdi et ne puisse penser au-delà de cette unique phrase qui semblait flotter dans l'air entre eux.

Vrai pouvoir ? Un pouvoir suffisant pour protéger ceux qu'il aimait ? Un pouvoir suffisant pour mettre Le Maître à genoux ? Tom retourna ces mots dans son esprit. Pourrait-il apprendre assez longtemps pour le surpasser et prendre sa place ? Sa famille serait en sécurité pour toujours... pendant un moment, il fut tenté. Il pouvait presque goûter combien ce serait bon d'avoir ce genre de pouvoir au bout des doigts. De ne plus jamais avoir à craindre de ne pas pouvoir protéger quelqu'un qu'il aimait.

Tom se ressaisit. Ce n'était pas la réponse, et il le savait. La tentation était bien réelle. Se sentir aussi vulnérable et impuissant suffisait à le pousser à accepter l'offre, mais il tint bon et releva la tête avec audace.

— Je ne te rejoindrai *jamais* ! Il hurla ces mots à la silhouette encapuchonnée, et tout en tendant la main vers la Clé, Tom exigea qu'elle lui revienne. La Clé s'arracha de la main du Maître et vola vers lui. Le Maître montra-t-il un peu de douleur quand la Clé lui fut arrachée ? — ET JE NE SUIS PAS TON FILS ! La voix de Tom chevaucha la vague de pouvoir renouvelé qui coulait en lui alors que la Clé se nichait en sécurité dans son poing, là où elle appartenait.

Il se sentait fort. Puissant. La Magie coulait en lui, brillant sous la surface de sa peau. C'était addictif. Hypnotisant. Tom était presque ivre de pouvoir. C'était aussi *mal*. C'était dangereux. Une erreur. Maléfique. Le mal se sentait si bon. Il lui vint à l'esprit que Le Maître voulait cela, voulait laisser Tom sentir l'étendue de son pouvoir, voulait qu'il ressente la rage, la colère et la haine, car à chaque souffle d'émotion négative, le pouvoir grandissait en lui, exigeant d'être libéré.

Il veut que je sois ivre de pouvoir. Il veut que je devienne accro et que j'en demande toujours plus jusqu'à ce que j'accepte de le rejoindre juste pour l'obtenir. Tom essaya de calmer la colère en lui, de respirer profondément et d'apaiser son cœur. *Je ne lui donnerai pas cette satisfaction.*

Il fit face au Maître, son pouvoir se maîtrisant. Il n'avait pas entendu l'armure se relever du sol, ne l'avait pas vue se réassembler et marcher vers lui. Il la vit maintenant, mais brièvement, alors que l'épée fendait l'air. Il réussit à se rejeter en arrière, mais pas à temps. Au lieu de lui arracher le bras, la pointe de l'épée s'enfonça dans son bras supérieur et ouvrit le muscle. Le sang coulait le long de son bras tandis que Tom hurlait de douleur.

Cette fois, le bouclier fonctionna. Il sentit la différence, comme passer d'une plume à un marteau-pilon. L'armure traversa la rambarde supérieure et se fracassa en un tas de ferraille cabossée et cacophonique aux pieds du Maître. Le Maître ne bougea même pas et aucun des morceaux ne le toucha. Il rit de nouveau.

Tom saisit son bras avec l'autre main, du sang sur ses doigts, et voulut que la guérison commence. Il sentit une main saisir son bras valide, une poigne de fer qui faillit lui briser l'os. Un des Sorciers était derrière lui. Soit il s'était caché et attendait son heure, soit il était rentré par une chambre. Tom fit appel à son entraînement d'arts martiaux et pivota, dans l'intention d'appuyer sur le bras de l'homme tout en tournant sa main prisonnière. Ils luttèrent et se séparèrent en tournant, mais à un prix. Les doigts de l'homme tâtonnèrent, essayant de reprendre prise, se refermant à la place sur l'anneau à son doigt. La chevalière se tordit et se libéra, passant au-dessus de la jointure sous protestation, arrachant un peu de peau de Tom au passage. Tom se précipita après, mais l'anneau vola dans les airs et atterrit quelque part derrière eux.

La distraction s'avéra mortelle. Il se retourna vers son agresseur, furieux de la perte de l'anneau, enragé d'être attaqué dans sa propre maison. L'indignation faisait bouillir son sang et alors que Tom levait la main contre l'autre homme, il sentit que quelque chose n'allait pas. Mais quelque chose se produisait qu'il ne pouvait pas arrêter, même s'il le voulait. Lui et son adversaire se figèrent, regardant avec horreur le sang de Tom glisser le long de son bras, sur sa main, et se coaguler en une longue lance pointue. Paniqué, Tom essaya de retirer brusquement son bras, mais la lance ne fit que s'allonger.

La lance de sang glissa, sans entrave, dans la poitrine du Sorcier. Les yeux de l'homme s'écarquillèrent de peur, de douleur et de choc. Le Sorcier fit mine de saisir la main de Tom mais rata son coup et chancela contre le mur. Incapable de rester debout, il glissa au sol, laissant une traînée de sang sur le mur derrière lui. La lance de sang l'avait transpercé.

— MAÎTRE ! hurla l'homme, serrant sa poitrine pour arrêter le flot cramoisi.

Tom tomba à genoux. La vue de ce qui s'était passé, de ce que *lui* avait fait, le submergea et il vomit sur le sol d'acajou. Tandis qu'il se vidait, il ne remarqua pas la lance de sang se liquéfier et former une flaque autour de sa main. Le picotement dans ses doigts l'incita à ouvrir les yeux et à regarder en bas. Comme aspiré par une paille, le sang grimpa sur sa main et remonta paresseusement le long de son bras, s'infiltrant silencieusement dans la plaie qui se refermait comme un avion retournant à son hangar.

Alors que la blessure était remplacée par une peau immaculée, Tom réalisa qu'il pouvait guérir le Sorcier. Il se releva difficilement. — Tiens bon, croassa-t-il, j'arrive. Avant qu'il ne puisse faire un seul pas, la voix immonde du Maître le glaça sur place.

— Tue-le, siffla Le Maître depuis l'étage inférieur. — Tue-le. C'est la chose humaine à faire.

Tom se força à faire un autre pas vers l'homme blessé. — Vous êtes fou ! Je peux le guérir ! Ce n'est qu'alors qu'il lui vint à l'esprit que tout cela pouvait être un piège. C'était un guet-apens pour le capturer. Son instinct de survie lui disait d'invoquer une Porte et de fuir. Pouvait-il laisser un homme mourant à son sort sans essayer de l'aider ? Non. Il ne le pouvait pas.

— Que ressens-tu à tenir le pouvoir de vie et de mort entre tes mains ?

Tom fit volte-face. Il avait été si habitué à la voix tonitruante qui venait de partout, que le murmure le prit par surprise. On aurait dit que Le Maître se tenait tout près derrière lui et lui soufflait à l'oreille.

Ses propres blessures s'étaient refermées, et ses mains étaient propres. Non. Pas propres. Tom savait que même si on ne pouvait pas le voir, il y avait du sang sur ses mains. Il avait tué un homme.

Il se précipita vers le Sorcier tombé et se piqua le doigt avec l'un des éclats de bois de la rambarde cassée. Il devait faire ce qui était juste.

CHAPITRE TROIS

Tom fixait les yeux d'un homme mort. L'homme qu'il avait assassiné. Il avait trop hésité et maintenant il était trop tard pour essayer de le sauver. Une petite partie de son esprit entendait qu'on appelait son nom, mais le son semblait venir de très loin.

Sa main était toujours pressée contre la poitrine du Sorcier. Ce dernier avait posé sa propre main sur celle de Tom, s'y agrippant. Tom espérait que cela avait apporté du réconfort à l'homme alors que son cœur cessait de battre. La pression aurait dû arrêter le saignement, si rien d'autre.

Pourquoi n'ai-je pas appelé les urgences ? Le Maître... l'homme a appelé son Maître à l'aide, et pourtant il n'a rien fait. Il m'a même dit de le tuer.

Il sentit une traction sur son épaule, insistante, urgente. Un poing agrippa sa chemise et commença à le tirer. Le Maître était sans doute en train de l'emmener, vers quelque repaire secret, certainement. Tom n'avait plus le cœur à se battre. Il était désormais un tueur et méritait son sort. Que Le Maître prenne ce qui restait de l'âme de Tom, ça n'avait plus d'importance. Il savait à cet instant qu'il ne se pardonnerait jamais.

Une grande main le fit pivoter et il rencontra le visage anxieux du

Directeur Lianon. Une vague de soulagement l'envahit, et il combattit une soudaine envie de pleurer. Le Directeur saurait quoi faire. Il saurait comment arranger tout ça. Peut-être pourrait-il emmener le Sorcier aux Îles d'Été et le guérir, et Tom n'aurait pas à vivre avec la connaissance qu'il était un meurtrier. Il fit un geste vers le Sorcier, essayant d'expliquer, mais les mots ne venaient pas. Il était si épuisé. Tom saisit la manche du Directeur, le suppliant silencieusement de comprendre son appel à l'aide, mais le Haut Elfe se contenta de secouer la tête.

— Il n'y a pas de temps ! Lianon tira sur la chemise de Tom, l'incitant à le suivre.

Tom fit un pas et vit l'anneau, l'anneau de son père, posé contre le mur à une courte distance. Il s'arracha, plongeant pour l'attraper juste à temps. Lianon le saisit d'une poigne de fer. Il n'y aurait pas de seconde échappée. Il poussa Tom à travers le Portail qu'il avait créé. La dernière chose qu'il vit fut un aperçu du Maître qui riait, observant toute la scène comme s'il s'agissait d'une pièce jouée uniquement pour son divertissement.

Tom atterrit en tas sur le tapis, l'odeur d'un feu de bois lui chatouillant le nez. Il était en sécurité dans le bureau du Directeur. L'envie de pleurer cognait à ses sinus et ses tempes, mais il lutta contre elle en essayant de se relever. Lianon lui tendit une main que Tom prit avec gratitude. Il fut conduit à un fauteuil et, un moment plus tard, une couverture fut drapée sur lui. Bien que la pièce fût chaude, le poids de la couverture était réconfortant.

Il se concentra sur le feu qui crépitait doucement dans la cheminée. Il était chaud et joyeux. Le Directeur était au téléphone avec quelqu'un, Tom pouvait l'entendre en arrière-plan. Mais ce n'était que du bruit, sans importance, et de toute façon, il ne pouvait pas suivre la conversation. Dans les flammes, Tom vit les yeux vides et vacants du Sorcier mort et il ne pouvait pas détourner le regard. Les larmes se libérèrent et coulèrent, brûlantes, sur ses joues. Les respirations se transformèrent en sanglots qui secouèrent ses poumons de peur, de colère et de regret. Il essaya de se rappeler que sa famille était en sécurité, mais à quel prix ?

Un valet de pied aux pas silencieux apparut derrière lui comme formé par la fumée du feu. Il posa un plateau sur la table entre les fauteuils et se fondit dans la boiserie aussi discrètement qu'il était arrivé. Le Directeur vint s'asseoir alors que Tom soulevait la tasse délicate. Elle tremblait tellement sur sa soucoupe que le Haut Elfe tendit presque la main pour la stabiliser, mais Tom réussit à porter le liquide chaud à ses lèvres et à en prendre une gorgée. La chaleur bienvenue se répandit dans son corps, détendant des muscles qu'il ne savait pas crispés. Le breuvage chaud semblait le stabiliser, le calmer. Peut-être était-il imprégné d'une potion conçue précisément dans ce but. Si c'était le cas, c'était exactement ce dont il avait besoin en ce moment et il ne s'en plaignait pas.

— Avant que ta mère et ta sœur n'arrivent, le Directeur prit une gorgée et poursuivit, permets-moi de m'excuser d'avoir mis si longtemps à venir te chercher.

Ne se faisant pas encore confiance, Tom avala le thé, ignorant la brûlure et laissant la bonté le traverser. Il reposa la tasse vide sur le plateau avant de briser la précieuse porcelaine. Elle s'était fissurée sous sa poigne forte et tremblante.

— Je l'ai tué. Les mots sonnaient incroyables, inimaginables, même à ses oreilles. Pourtant, il connaissait la vérité de ce qu'il disait, et cela lui faisait plus mal qu'il ne pouvait l'exprimer.

— Je suis sûr que c'était un accident. De la légitime défense, Tom. La cadence lente et régulière des mots était à la fois irritante et réconfortante. Le Directeur aurait pu parler de la météo vu l'émotion qu'il montrait.

— Je... Tom avait besoin de lui expliquer, de lui faire comprendre, mais c'était impossible. Tom lui-même ne comprenait pas. C'était trop étrange, trop étranger pour être même envisagé.

— A-t-il essayé de te faire du mal ? Le Directeur prit sa tasse et regarda Tom par-dessus le bord. Tom acquiesça misérablement. — Alors c'était clairement de la légitime défense. Je comprends que tu sois bouleversé. Un homme est mort, mais c'était un accident malheureux de ta part. Il prit une gorgée pour laisser ces mots faire leur chemin. — Maintenant, peux-tu me dire ce qui s'est passé ?

La porte s'ouvrit brusquement, et Tom se leva d'un bond, craignant que Le Maître les ait d'une manière ou d'une autre suivis. Bien que personne ne puisse pénétrer L'Académie, pas même Le Maître. Au lieu de cela, sa mère et sa sœur se précipitèrent par la porte, Lady Samsara entrant juste derrière elles.

Tom retomba dans son fauteuil, la décharge d'adrénaline épuisée, son cœur battant la chamade.

— Tom, est-ce que ça va ? Sa mère tomba à genoux à côté de lui pour l'étreindre dans le fauteuil. Il la serra en retour, mais elle le repoussa, ses mains et ses yeux parcourant ses cheveux, ses bras, sa poitrine. Il réalisa qu'elle essayait de savoir s'il était blessé. Ne trouvant aucune blessure, elle prit la main de Tom, ses yeux l'interrogeant.

— Je ne suis pas blessé, dit Tom en retirant doucement ses mains de l'étreinte de sa mère et en les posant, paumes vers le bas, sur ses cuisses. — Je vais bien, vraiment.

— Le thé est chaud, Directeur Lianon fit un geste vers le plateau en guise d'invitation. Tom eut un moment de surprise en voyant que trois autres tasses et soucoupes attendaient soudainement d'être remplies. Tabitha servit pour elle-même et sa mère tandis que le Directeur touchait le coude de Lady Samsara. — Avez-vous des nouvelles du Professeur Thunderbolt ?

Elle acquiesça à la question discrète. — Oui, il travaille avec la Directrice Clementine à l'Académie Harding. Ils se sont occupés de la... situation au domicile des Callaghan. La maison a été remise en état, les protections sont en place, mais ce n'est pas encore sûr pour la famille d'y retourner.

— Je suis d'accord. Le Directeur lui-même lui versa une tasse et, après un moment, il poussa doucement Tom à donner l'information à nouveau. — Tom était sur le point de nous raconter ce qui s'est passé, expliqua-t-il aux autres.

— Je l'ai tué. C'est-à-dire, mon sang l'a tué. Une nouvelle larme suivit les traces sur ses joues. D'une certaine manière, dire ces mots à sa mère et sa sœur rendait tout réel d'une façon qui ne l'avait pas été auparavant. Leur avouer signifiait qu'il ne pouvait plus nier que c'était arrivé. Il voulait une autre tasse de thé pour apaiser sa gorge, mais la bile dans son ventre cherchait un moyen de s'échapper.

— Tué qui ? Tabitha murmura à peine les mots, ses yeux grands comme des soucoupes.

S'il te plaît, n'aie pas peur de moi. Il regarda sa mère pour juger sa réaction. Elle tapotait ses yeux avec un mouchoir, mais son autre main était sur sa bouche. Tom ne pouvait pas supporter le regard dans ses yeux, surtout parce qu'il le méritait.

— Je ne sais pas, répondit-il à sa sœur avec honnêteté, car il était inutile de cacher les détails. Ils seraient tous connus assez tôt. — Un Sorcier. Je ne... je ne sais pas comment. C'était tout... instinctif... ça s'est passé si vite. Il sonda le souvenir comme une plaie ouverte en essayant d'en extraire des bribes. Tout était flou. Il ne pouvait pas se souvenir. Ou peut-être qu'il se souvenait, mais que cela ne remontait pas à la surface de son esprit, comme un moyen de se protéger ? Était-ce une façon primitive, de survie, de garder sa santé mentale ?

Le Directeur posa lourdement sa main sur l'épaule de Tom, le ramenant au présent. — Respire profondément. Commence par le début. Dis-nous ce qui s'est passé après qu'Arabella et Tabitha soient parties avec le Professeur Thunderbolt. Sa grande main lui donna une pression rassurante. — Je pense que nous avons tous déterminé que ce qui s'est passé était un accident. Personne ne te juge et aucun jugement ne sera porté contre toi. Cette situation est réglée. Ce dont nous avons besoin de toi maintenant, ce sont les faits, pour savoir comment procéder.

Tom avala contre l'acide montant dans son estomac et acquiesça. — Après que maman et Tabitha soient parties, je me suis préparé à un combat. J'ai prié pour que des renforts viennent, mais personne n'est venu. Il ressentit une pointe d'amertume à cette pensée. *J'ai été laissé seul pour me battre.*

— Pourquoi n'as-tu pas simplement invoqué une Porte et parti ? demanda Tabitha. — C'est ce que j'aurais fait. C'est ce que n'importe quelle personne *sensée* aurait fait. Tu n'es qu'un garçon. Que pensais-tu pouvoir faire contre une armée de Sorciers ?

Tom sentit ses poils se hérisser. Elle n'avait pas été là. Elle n'avait pas le droit de le juger. Le Directeur ne venait-il pas de le dire ? Le fait qu'elle puisse avoir raison ne faisait qu'empirer les choses. Tom serra les dents et essaya de répondre poliment. — Il y avait des protections sur la maison, et Thunderbolt a dit qu'il reviendrait avec de l'aide. Je pensais pouvoir tenir bon jusqu'à ce qu'il revienne. Mais il n'est pas revenu. Cela semblait un peu injuste de blâmer quelqu'un d'autre, surtout quelqu'un qui n'était pas là pour se défendre, mais c'était la vérité.

— Quoi qu'il en soit, le... Le Maître était là... et...

— Le Maître ? Sa mère eut un hoquet de surprise. Le regard de pure terreur dans ses yeux l'ébranla plus que tout ce qui s'était passé jusqu'à présent ce soir, à l'exception peut-être du regard vide de l'homme mort.

— Il a détruit les protections... un flot de Sorciers s'est engouffré à l'intérieur. Je les ai tenus à distance aussi longtemps que possible, mais je suppose que Le Maître s'est impatienté, et il est entré aussi. Tom regarda ses mains, voyant le sang du Sorcier, un douloureux rappel de l'issue de la journée.

Lady Samsara remplit le thé de tout le monde et apporta une serviette humide pour les mains de Tom comme si elle sentait son besoin d'effacer ce qui s'était passé. — Que s'est-il passé ensuite ? demanda-t-elle.

Tom frotta le tissu sur ses mains, mais le souvenir du sang était tenace, refusant de disparaître longtemps après que ses mains furent nettoyées. Il frotta plus fort, creusant dans la chair pour effacer ce que lui seul pouvait voir. Sa mère lui prit doucement la serviette et tint ses mains tandis qu'elle passait délicatement le tissu sur ses doigts, puis l'embrassa sur le front comme s'il était un enfant. — Tu vois ? Elle leva une main, — Tout est parti. Tout va mieux. Elle fit mine de jeter la serviette dans le feu et s'assit à côté de lui.

— Tu connais cette armure au deuxième étage ? Tom parlait aux flammes. Le tissu en train de brûler semblait aider d'une certaine manière, comme si la chute en cendres signalait que l'épreuve était enfin terminée. — Il l'a animée, Tom n'attendit pas de réponse, les mots semblaient maintenant jaillir de lui. — Elle m'a attaqué. Elle parlait avec sa voix... j'ai combattu et combattu... je n'ai pas remarqué le

Sorcier qui s'était caché dans l'une des pièces jusqu'à ce qu'il soit presque trop tard.

Quelqu'un lui pressa à nouveau la tasse dans la main et il prit une gorgée. Sa prise était plus ferme maintenant, plus forte. Le thé noir tremblait à peine cette fois. — J'ai esquivé son attaque, mais l'armure m'a coupé le bras. Je l'ai jetée par-dessus la balustrade vers Le Maître. Pendant que j'étais distrait, le Sorcier a saisi mon poignet. J'ai utilisé la manœuvre que Maître Smoke nous a enseignée en classe : la poussée et torsion. Mais mon bras saignait abondamment et en se projetant, le sang qui coulait s'est transformé en arme. L'entendre raconté de façon détachée comme ça le faisait paraître absurde. Tom ne s'attendait pas à ce que quiconque le croie, il le croyait à peine lui-même.

— Que veux-tu dire, une arme ? La voix de sa mère était presque une octave plus haut et il y avait une note de panique derrière les mots.

Tom mima le sang couvrant sa main et s'étendant en une petite lance. — J'allais repousser son bras, mais le... le sang s'est étendu au-delà de ma main, et il l'a transpercé. Il sentit les larmes se reformer derrière ses yeux. Il sourit avec gratitude lorsque Lady Samsara lui tendit un mouchoir. Elle suivit cela avec une tasse de thé fraîche et la chaleur le recentra à nouveau.

— Il est tombé au sol et a appelé Le Maître à l'aide. Tout ce que Le Maître a fait, c'est m'encourager à l'achever. La perplexité de Tom se montrait dans son récit. — J'étais... j'étais dans une rage et pour être honnête... il ne voulait pas le dire, mais il le devait, ... je l'ai *envisagé*. Je veux dire, tout ce que ces gens ont jamais fait, c'est mettre en danger ma famille et mes amis. Mais je jure que ce n'était qu'une pensée ! Il lutta pour ne pas gémir la dernière partie de la phrase mais n'y parvint que partiellement.

— Les pensées ne tuent pas les gens, les actions le font. Le Directeur posa doucement sa main sur l'épaule de Tom. — N'importe qui aurait pensé la même chose.

— J'ai guéri deux personnes à Harding, protesta Tom. — J'étais sûr que je pouvais le guérir aussi, mais j'avais peur que ce soit un piège, et... et j'ai hésité. Quand je suis finalement allé vers lui, il était déjà mort. C'est à ce moment que le Directeur est arrivé, conclut misérablement Tom.

Dans le silence qui suivit, le Directeur secoua la tête et se tourna vers Lady Samsara. — Veuillez escorter Tabitha et sa mère jusqu'à une chambre. Elles ont besoin de repos. J'escorterai Tom jusqu'à sa chambre et m'assurerai qu'il s'installe. Il prit une profonde respiration avant de continuer. — Nous nous réunirons demain matin pour décider d'une ligne de conduite.

Les femmes se levèrent silencieusement. Sa mère semblait se tenir fermement, Tabitha semblait simplement sous le choc. Elles donnèrent chacune à Tom une étreinte féroce et aucune d'entre elles ne semblait anxieuse de partir jusqu'à ce que Tabitha s'éclaircisse la gorge. Sa mère tendit la main pour lisser une mèche de cheveux sur son visage. — Je... eh bien... bonne nuit, Tom.

— Bonne nuit, maman. Tom se sentait un peu mieux. Au moins, elles n'avaient pas peur de lui, c'était déjà ça. Il les regarda partir et se tint un moment avant de se diriger vers la porte. Il avait besoin d'une douche et de sommeil. La fatigue pesait sur lui comme une épaisse couverture.

— Un instant, Tom, appela Lianon depuis le bureau.

— Monsieur, je suis épuisé.

— Je sais, Tom. Et tu es compréhensiblement bouleversé. Mais je dois connaître le reste de l'histoire. Il lança à Tom un regard entendu.

— Mais Monsieur, je vous ai tout raconté. N'avez-vous pas lu mes pensées quand nous sommes revenus à l'école ? Tom supposait qu'il l'avait fait, bien qu'il se creuse la tête fatiguée pour savoir ce que pouvait être le « reste de l'histoire », mais rien ne lui venait.

— Quelque chose a... changé, Tom. Je ne peux pas lire ton esprit. Est-ce que tu me bloques intentionnellement ?

— Non, Monsieur ! Tom était consterné à cette idée. — Je ne ferais jamais ça. Il fit une pause un instant alors qu'une nouvelle pensée lui venait. — Pouviez-vous lire mon esprit lors de notre dernière conversation ?

— Oui. Le Haut Elfe semblait perdu dans ses pensées. Quand il continua, Tom n'était pas sûr si le Directeur lui parlait ou se parlait à lui-même. — Donc, c'est un développement récent. Peut-être que tes actions, bien qu'involontaires et regrettables, ont déclenché une autre couche de tes pouvoirs.

Tom ouvrit délibérément son esprit permettant au Haut Elfe d'y entrer, espérant, *priant* pour qu'il puisse lire son esprit, que rien n'avait changé. — J'ai peur, Monsieur.

Lianon leva les yeux et sourit. C'était un sourire rassurant, un de ceux qui le réchauffaient par sa gentillesse. — Je sais. Tiens, donne-moi ta main si tu veux. Tu peux m'envoyer toute ton expérience par le toucher. Le Directeur tendit sa main et Tom la prit. Il n'avait rien à cacher. Il y eut une petite étincelle, et sa main se réchauffa. Le Directeur hocha la tête et dit simplement : — Je vois.

— Je suis sûr que les professeurs de l'Académie Harding peuvent mieux l'expliquer, mais j'ai entendu parler d'armes de sang. C'est censé être une magie défensive maniée par les Mages de Sang, bien que personne ne l'ait vue utilisée depuis... oh, des centaines d'années. Il semblait réévaluer Tom. — Tu as manipulé le pouvoir à partir de quantités finies de sang. Je crois que la blessure que tu as subie était suffisamment grave pour déclencher la réponse défensive. Tu combattais plusieurs attaquants. L'adrénaline coulait dans tes veines. Ton sang a agi instinctivement pour te protéger.

Il y avait tant de questions que Tom voulait poser, mais en ce qui concerne l'arme de sang, même le Directeur avait avoué qu'il n'en savait pas beaucoup. Au lieu de cela, Tom demanda autre chose, quelque chose de plus difficile. — Monsieur, il y a quelques choses que je ne comprends pas. Pourquoi et comment le Professeur Thunderbolt est-il entré dans ma chambre ? Ce n'est pas un Voyageur, et d'ailleurs, avec les protections en place, personne sauf la famille n'aurait dû pouvoir entrer ou sortir.

Le Professeur Thunderbolt était, après tout, un nouveau professeur, et Tom ne savait que peu de choses à son sujet.

— Lady Samsara lui a ouvert un Portail. Son visage chaleureux se tordit en un sourire narquois. — J'ai bien peur que la magie terrestre ne fasse pas le poids face à la magie des Hauts Elfes. Tu te souviens peut-être qu'elle et moi nous relayons pour superviser l'école. J'étais aux Îles d'Été en conférence avec le conseil à propos de ta situation. Une fois qu'elle eut dépêché le Professeur Thunderbolt, elle m'a contacté pour que je revienne à l'école. Depuis l'intérieur de votre maison, le Professeur Thunderbolt a utilisé une Porte parce qu'il était avec ta mère et ta sœur. Lady Samsara l'a ensuite envoyé à l'Académie Harding pour travailler sur une solution avec eux. Je suis venu dès que j'ai été informé.

— Et maintenant ? demanda doucement Tom.

— Maintenant, tu vas te reposer. Comme je l'ai dit, nous ferons un plan demain matin. Il retrouva rapidement son sérieux et ajouta : — Je ne vais pas te mentir, Tom. Je doute que Le Maître en ait fini avec toi. Maintenant qu'il a confirmé que tu es, en effet, un Mage de Sang, il ne reculera devant rien pour mettre la main sur toi et ton pouvoir. Bien qu'il ait clairement plus de connaissances que moi sur ce dont tu es capable, je crois que tu as le potentiel d'être plus puissant que lui. Son but ce soir était de te manipuler, de t'effrayer pour te soumettre pendant que tu es encore relativement gérable.

— Et il a presque réussi. Quand j'ai... quand j'ai tué le Sorcier, j'ai ressenti un tel désespoir que je serais parti avec lui. Tom prononça la confession si doucement qu'il l'entendit à peine lui-même. Les oreilles elfiques sont sensibles et Lianon ne manquait jamais rien.

— Je sais. Lianon hocha la tête, — Je l'ai ressenti aussi.

Les paroles du vieux Directeur s'enfoncèrent lentement. Il croyait que Tom pouvait vaincre Le Maître ? S'il le pouvait, cela maintiendrait sa famille en sécurité. S'il devait tuer pour les garder en sécurité... eh bien, était-il logique de pleurer pour un peu de... sang versé ? Il ouvrit la bouche pour poser une autre question, mais le Directeur l'arrêta en levant une seule main. Il conduisit Tom du bureau jusqu'aux dortoirs. Ils ne parlèrent plus jusqu'à ce qu'ils entrent dans la chambre de Tom.

— Tu es en sécurité ici. Ta mère et ta sœur sont en sécurité. Je sais que tu te sens terrible à propos de la mort du Sorcier. Je promets de veiller à ce que ses proches soient informés et pris en charge, dit le Haut Elfe. — Repose-toi. Nous parlerons demain matin.

— Merci, Monsieur... pour tout. Tom ferma la porte. Inexplicablement, il se sentait mieux.

CHAPITRE QUATRE

Les couloirs résonnaient presque de façon creuse, le silence contrastait radicalement avec le brouhaha habituel lorsque les élèves s'y bousculaient. Avec les habitants de l'école partis en vacances ou passant les congés de printemps en famille, Tom pouvait maintenant apprécier la conception captivante du bâtiment, les œuvres d'art accrochées aux murs, tous ces détails qu'on manquait en essayant d'éviter les autres élèves qui couraient d'une classe à l'autre. Tom découvrait qu'il commençait à apprécier la simplicité du silence.

Ayant besoin d'un moment de solitude avant de rejoindre les autres dans la Salle à Manger, Tom se dirigea vers le banc préféré de Lola derrière la serre. Son esprit était submergé par trop de questions, et il avait besoin d'y mettre un peu d'ordre.

Et si Le Maître attaquait à nouveau et parvenait à l'enlever ? Le prendrait-il, lui, ou seulement son sang ? Que pourrait faire Le Maître s'il l'avait en sa possession ? Quelles autres choses pourraient être créées si une arme pouvait être formée simplement en répandant son sang ? Combien de vies seraient en danger s'il échouait ?

Tom s'assit, les mains posées sur ses cuisses, inspirant pendant six temps, retenant son souffle, puis expirant lentement pendant quatre temps. C'était l'un des exercices de respiration que le Professeur

Brambles leur avait enseignés, et il se sentit immédiatement mieux. Il continua à respirer, vidant son esprit jusqu'à ce que son monde intérieur corresponde à la tranquillité de son environnement.

Se sentant un peu mieux, il se leva et se dirigea vers le petit-déjeuner. Il réalisa que sa vie avait été protégée jusqu'à récemment. Il vivait dans sa petite bulle ; en sécurité, protégé et bienheureusement ignorant du mal qui rôdait dans le monde autour de lui. Maintenant, il se sentait... vulnérable.

En entrant dans la Salle à Manger, il vit sa famille et les Professeurs rassemblés à une table, détendus et profitant de la compagnie des uns et des autres, comme si rien ne s'était passé. Comme si Le Maître n'avait pas attaqué avec une nuée de Sorciers. Comme si Tom n'avait pas empalé un homme avec une arme faite de son propre sang.

Chassant ces pensées, Tom offrit un sourire timide en guise de salutation et embrassa la joue de sa mère. Il lança un faible « Bonjour » à personne en particulier, et alla remplir son assiette au buffet.

L'arôme réconfortant du bacon, des œufs, des saucisses, des fruits frais, des toasts et des pâtisseries emplit ses narines, tout comme l'odeur de café noir et la douceur des jus de fruits. Tom remplit son assiette sous les protestations de son estomac qui grondait. *Quand ai-je mangé pour la dernière fois ?*

Tom s'assit avec les autres mais mangea en silence. Il goûta un peu de tout, des fruits aux montagnes de bacon et de pancakes. Tout semblait avoir un goût plus prononcé, comme si c'était la première fois qu'il goûtait chaque plat. Il tomba amoureux de la nourriture une nouvelle fois.

— Utiliser la Magie de sang, ça creuse l'appétit, hein ? gloussa Tabitha en faisant un clin d'œil à son frère.

Tom sourit et s'essuya la bouche avec sa serviette. Tabitha n'avait plus le regard effrayé de la veille. Voir la couleur revenue sur ses joues et l'éclat dans ses yeux était rassurant. Il comprendrait si elle avait peur de lui, mais cela ne signifiait pas qu'il le souhaitait. C'était sa sœur aînée, et il l'aimait profondément, malgré une relation parfois tendue où Tom pensait occasionnellement que Tabitha ne se souciait que d'elle-même. Cette nouvelle facette plus douce d'elle était due, Tom le supposait, uniquement à sa terreur de la veille. Il ne savait pas combien de temps cette version compatissante d'elle durerait, mais peu importait pour l'instant. Il était heureux de la voir. Même s'il détestait l'admettre, un traumatisme partagé avait le don de rapprocher les gens.

— Tabitha ! Sa mère claqua son nom et lança à sa fille un regard fortement désapprobateur.

— Quoi ? J'essaie juste de détendre l'atmosphère, se défendit Tabitha en poussant quelques miettes sur son assiette et en roulant des yeux.

— Ce n'est pas un sujet de plaisanterie ! Arabella semblait scandalisée.

— Ça va, maman, ça ne me dérange pas. En fait, Tabitha donnait à Tom un sentiment de normalité, quelque chose dont il avait désespérément besoin. Il se cala dans son siège et permit à son estomac maintenant plein un moment de repos. Son pantalon lui serrait la taille, et il lutta pour réprimer un rot.

— Eh bien, moi, si, rétorqua Arabella. Elle, au moins, n'avait pas tourné la page.

— Les tensions sont encore vives, temporisa Thunderbolt, mais je doute que Tabitha ait voulu faire du mal.

Tabitha et Tom regardèrent leur mère, qui tomba dans une sorte de silence boudeur et tritura sa serviette. La mère de Tom était une femme au caractère bien trempé et n'aimait pas qu'on lui dise quoi faire ou qu'on la corrige. Et être rappelée à l'ordre devant ses enfants devait la rendre folle.

Personne ne dit rien d'autre jusqu'à longtemps après que la table fut débarrassée. Tom bouillonnait de questions, mais dans les circonstances actuelles, il ne voulait pas être le premier à parler. Après les événements de la veille, il voulait juste que quelqu'un d'autre mène la conversation.

Il s'était douché, avait dormi et mangé. Sa force et son énergie étaient revenues, mais son esprit restait lourd. Il se rendit soudain compte à quel point les banalités lui manquaient. *Quel temps fait-il ? Que prévois-tu pour les vacances de printemps ? As-tu vu le match de foot hier soir ?* Apparemment, personne ne semblait enclin à parler de choses triviales, alors il resta assis à contempler la serviette qu'il tordait entre ses mains agitées. Il aurait aimé que Lola et ses amis soient là. C'était déjà assez étrange d'être dans une école vide. Prendre un petit-déjeuner silencieux avec sa mère et ses Professeurs n'était vraiment pas son idée d'un bon moment.

Lorsque la table fut débarrassée et que les serveurs eurent disparu, le Directeur se tourna vers la mère de Tom. — Y a-t-il un endroit où vous pourriez aller qui serait plus sûr que de retourner chez vous ?

Arabella hocha la tête pensivement. — En fait, nous avons plusieurs résidences parmi lesquelles choisir. Je pense... je pense que l'appartement de Londres serait le mieux. Il est situé au milieu d'un quartier très animé ; tout incident y serait immédiatement signalé à la police. Elle sourit à Lianon et ajouta : — Malgré la puissance du Maître et de ses sbires, ils restent *humains* et sont donc soumis aux lois humaines.

— Même ainsi, le Professeur Thunderbolt semblait pensif, comme s'il réfléchissait au fur et à mesure qu'il parlait, je demanderai que des protections soient érigées autour du bâtiment. Si, pour une raison quelconque, vous *devez* quitter l'appartement, n'y allez pas seule... et limitez le nombre d'employés que vous engagez. Restez avec ceux que vous connaissez depuis le plus longtemps et en qui vous avez une confiance absolue. Si quelque chose vous semble suspect... quoi que ce soit... Revenez immédiatement ici ou allez dans un autre endroit.

Arabella acquiesça, mais Tom pouvait voir dans les yeux de sa mère qu'elle croyait toutes ces précautions inutiles. Alors qu'ils se levaient pour partir, le Professeur Thunderbolt prit congé. Lady Samara et Lianon accompagnèrent Tom et sa famille jusqu'au Hall Principal. Tabitha invoqua une Porte et laissa sa mère passer.

— Faites-moi savoir si nous pouvons vous être utiles, lança Lady Samara avant de quitter le Hall.

— Je vous informerai s'il y a du nouveau, ajouta le Directeur.

Tom hésita sur le pas de la porte et se retourna vers l'Elfe Supérieur. — Merci encore, Monsieur. Pour... pour tout, dit-il avant de refermer doucement la porte derrière lui.

CHAPITRE CINQ

La richesse d'un Voyageur se transmettait de génération en génération. Au fil des ans, la famille de Tom avait acquis des propriétés dans toutes les grandes villes : Londres, New York, Milan, Paris, et même dans des endroits plus exotiques. L'appartement londonien était l'une des résidences les plus petites et les plus modestes qu'ils possédaient, mais il était idéalement situé.

— J'ai toujours adoré Londres, déclara Tabitha avec un sourire, en s'affalant confortablement sur le grand canapé en cuir crème.

Ils n'avaient pas eu le temps d'appeler l'Agence pour se faire livrer des provisions, mais il restait encore des bouteilles d'eau dans la cuisine. Comme ils étaient encore rassasiés du petit-déjeuner pris à l'Académie, ils auraient tout le temps de s'occuper de ces détails plus tard.

Tom s'installa plus posément dans un fauteuil en face de sa sœur avec une bouteille d'eau fraîche. Sa mère faisait les cent pas, disant que cela l'aidait à réfléchir. Elle énumérait à voix haute une liste de choses nécessaires à acheter.

Tom secoua la tête devant l'ampleur de cette liste. — Maman, on est censés se cacher, pas organiser des dîners mondains.

— Ce n'est pas parce que nous devons rester discrets que nous devons vivre comme des sauvages, répondit sa mère d'un ton détaché. Tabitha adressa un sourire à Tom en levant les yeux au ciel.

— Le Directeur Lianon nous a déconseillé de contacter des amis ou la famille pendant notre séjour ici. Il suffirait d'un mot mal placé et de quelques langues bien pendues pour que Le Maître découvre où nous sommes. Le fait que Tabitha fasse la leçon à leur mère montrait à quel point tout était sens dessus dessous ; d'habitude, c'était l'inverse.

— Je ne suis pas stupide, Tabitha. Il n'y a sûrement rien de mal à passer un coup de fil ou envoyer un texto ? Arabella semblait aussi exaspérée que sa fille. Tom s'enfonça davantage dans les coussins. C'était à cause de lui qu'ils se retrouvaient tous confinés ensemble comme ça.

— Les antennes-relais, maman, soupira Tabitha en levant encore une fois les yeux au ciel. Tom n'aurait pas été surpris de les voir se retourner complètement dans leur orbite. Nous vivons au vingt-et-unième siècle.

Ce fut apparemment la goutte d'eau qui fit déborder le vase. Les deux femmes commencèrent à se disputer, leur volume augmentant sans cesse dans une volonté croissante de se faire entendre l'une par-dessus l'autre. Leur dispute résonnait contre les murs et emplissait la pièce jusqu'à ce que Tom soit certain qu'il ne restait plus d'air pour respirer. Oui, elles étaient toutes les deux très stressées, mais après tout, c'était *lui* que Le Maître poursuivait. C'était donc à *lui* de se dresser seul contre Le Maître et de le combattre. Et il le faisait pour *les* protéger, elles. C'était peut-être égoïste, mais ça le rongeait que personne ne pense à *son* stress, à la façon dont *lui* vivait le fait d'être isolé du monde, caché comme un enfant.

— ÇA SUFFIT ! Le volume de son éclat surprit même Tom. Sa mère et sa sœur se tournèrent vers lui, les yeux écarquillés. Il se leva et leur fit face. *Je* suis le Gardien. *Je* suis l'homme de la maison. *Je* ferai ce qu'il faut pour nous garder tous en sécurité. Il lança un regard furieux à sa mère. Tu préfères être prisonnière dans un appartement confor-table à Londres avec tout ton petit confort ou prisonnière du Maître et de sa bande de sbires ? Sans attendre de réponse, Tom passa outre ce que sa mère essayait de dire. J'ai déjà assez à gérer en ce moment sans vos chamailleries !

Arabella le fixa bouche bée, les yeux grands ouverts et la bouche ouverte, ressemblant à s'y méprendre à un poisson horrifié. Tabitha gloussa et saisit son téléphone portable, prenant une photo de la stupéfaction de sa mère. Tom se sentit trembler légèrement, surpris par sa propre audace. Il avait toujours été calme, laissant les autres parler à sa place, timide. *D'où viennent ces changements ?* Les hormones ? Était-ce le dernier soubresaut de l'adolescence ? Était-ce quelque chose... de plus profond ? De pire ? Était-ce lié à l'utilisation de la Magie de sang ?

— Je ne veux pas oublier cette tête qu'elle fait, sourit Tabitha en regardant son écran. Elle jeta un coup d'œil à Tom et leva la main pour qu'il tape dedans. Respect, frangin, tempéra-t-elle.

— Je suis fatigué, marmonna Tom. Je vais faire une sieste. Il tourna le dos à l'expression blessée et choquée de sa mère. Il ne se sentait plus comme un adolescent de seize ans, mais comme quelqu'un de bien plus âgé. Pas forcément plus sage, mais plus vieux. Il ferma la porte de sa chambre un peu plus brutalement que nécessaire, mais le CLAC sonore lui procura une certaine satisfaction.

Sa chambre était restée intacte depuis leur dernier séjour à Londres. Et bien qu'il ait tant changé depuis cette époque, notamment ces dernières douze heures, il s'y sentait toujours à l'aise. Il se jeta sur le lit familier et se rappela alors à quel point ce matelas était agréable, doux et moelleux. La mousse à mémoire de forme soulageait ses douleurs, et il sombra facilement dans un sommeil profond.

Il se réveilla plusieurs heures plus tard, s'aspergea le visage d'eau et redescendit. Sa mère déballait des cartons de nourriture provenant d'un service de livraison. — Ah, Tom. Elle sourit et lui tendit une boîte. Juste à temps pour m'aider à ranger tout ça.

Tom réprima un bâillement et jeta à peine un coup d'œil à la nourriture qu'elle lui tendait. Le réfrigérateur était confortablement rempli. — Écoute, dit-il en soulevant le contenant et en l'arrêtant un moment, je suis... désolé de m'être emporté tout à l'heure, j'étais fatigué et stressé. Et... pour être honnête... je ne sais pas d'où viennent ces soudains accès de colère.

Arabella referma sa main sur la sienne, la boîte de lasagnes surgelées se balançant entre eux. — Tom, après tout ce que tu as traversé, ce n'est pas étonnant que tu te sentes comme ça. N'importe qui serait sur les nerfs après avoir vécu ne serait-ce que la moitié de ce que tu as dû endurer.

Elle le lâcha et lui fit signe de mettre la nourriture dans le congélateur. — À vrai dire, c'est probablement ce qui a déclenché la dispute entre ta sœur et moi. Nous étions tellement inquiètes pour toi et encore sous le choc que... eh bien, nous nous sommes défoulées l'une sur l'autre. Je ne pense pas que Tabitha ait complètement surmonté sa propre épreuve. Je sais que ce n'est pas mon cas.

Une vague momentanée de mécontentement le traversa. D'accord, Tabitha avait été kidnappée et blessée. Et sa mère avait dû vivre le traumatisme de voir un autre de ses enfants attaqué par un fou. Mais comment cela se comparait-il à ce qu'il traversait ? Il avait tué un homme...

Tom combattit cette façon de penser et l'écrasa sous son talon. Il n'était pas digne de lui et, franchement, cette façon de penser lui était étrangère. Elle avait raison, bien sûr, si la situation avait été inversée, il aurait été une épave nerveuse.

Il rangea la nourriture et s'appuya contre le réfrigérateur. Il se surprit à poser la question qui lui brûlait l'esprit depuis un moment. — Ce que je ne comprends pas... Il s'arrêta, essayant de mettre ses pensées en mots puis de les organiser. Le Maître ne s'attendait quand même pas à ce que je me précipite à ses côtés et que je l'appelle « Maître ».

L'image du Sorcier mourant qui criait « Maître, aidez-moi ! » s'imposa à son esprit. Il la repoussa. — Je veux dire... força-t-il les mots comme si leur simple présence pouvait l'éloigner de ce souvenir. À quoi ça servait de m'attaquer ? Testait-il mes pouvoirs ? J'avais déjà refusé l'offre de Jameson. Il devait savoir que j'allais me défendre. Jameson a dit qu'ils avaient besoin de mon *sang* ? Est-ce que la Magie est un sous-produit de mon sang et non de moi-même ? S'il me vidait de mon sang, pourrait-il l'utiliser pour lui-même ?

Arabella lui saisit les bras et le tourna vers elle. Elle le regarda dans les yeux et Tom fut surpris. D'une manière ou d'une autre, il était devenu beaucoup plus grand qu'elle. Quand cela s'était-il produit ? — Écoute-moi. Tu as du pouvoir. Selon le Directeur, c'est... elle fit une pause, et Tom réalisa qu'elle cherchait un mot, un mot *sûr*.

— ...effrayant ? proposa-t-il. Peut-être y avait-il une pointe d'amertume dans sa voix. Il avait été si sûr que sa mère et sa sœur n'avaient plus peur de lui, et maintenant il se demandait. Ce n'était pas juste. Après tout, ce n'était pas *sa* faute s'il possédait la Magie de sang.

— J'allais dire que tout pouvoir est irrésistible pour certaines personnes. Les hommes mauvais qui ont du pouvoir en voudront toujours plus.

Tom rougit, non pas à cause de ses paroles, mais parce qu'il avait été si prompt à s'offenser alors qu'il n'y avait pas lieu de l'être. — Ça ne répond toujours pas à ma question, lui rappela-t-il.

— Tom. Arabella le lâcha, mais elle maintint son regard. Je suis ta mère. Je t'ai vu avec des genoux écorchés, des coupures et des lèvres en sang. Ton sang ne s'est jamais... eh bien... elle déglutit, jamais comporté différemment de celui de n'importe qui d'autre. C'est *toi* qu'il veut.

— Mais... pourquoi m'attaquer ? Je veux dire... j'ai besoin de savoir ce qu'il cherche si je dois le combattre.

Arabella le regarda comme s'il venait de déclarer qu'il était un poisson. Puis elle lâcha un petit rire dédaigneux qu'elle ne put arrêter. — C'est simple. Elle agita son doigt devant son visage. Tu ne vas *pas* le faire. Tu vas laisser ça au Directeur et à ce Professeur Thunderbolt. *Toi*, tu vas te cacher ici comme ils te l'ont dit.

— Mais...

— Pas de mais, Tom. Non.

— Mais le Directeur a dit que j'étais plus fort que Le Maître...

— Il n'a *pas* dit ça. Arabella était rouge maintenant, le sang montant à ses joues, ses yeux perçant ceux de Tom. Il a dit que tu POURRAIS. POURRAIS. DEVENIR. Pourrais Devenir. *Un jour*. Pas maintenant. Cet homme malfaisant a des *années* d'expérience sur toi et il est sans pitié. Tu m'as toi-même dit qu'il avait sacrifié la vie d'un de ses disciples, et sans aucune raison.

Tom ouvrit la bouche pour objecter, mais il n'y avait rien à redire à cela. Il pouvait être plus puissant que Le Maître, mais cela ne signifiait pas qu'il était plus fort. Néanmoins, l'idée de s'enterrer dans la maison de Londres et de se cacher sous une couverture comme un petit garçon terrifié lui était insupportable.

— Je devrais quand même avoir mon mot à dire sur ce que...

— Thomas. Arabella l'appelait ainsi quand il était en difficulté, ou quand elle pensait qu'il l'était. Tu resteras en dehors de ça. Complètement. PAS DE MAIS ! l'arrêta-t-elle avant qu'il ne puisse parler. Point final. Fin de la discussion. Ta sœur et moi devons attendre ici et toi aussi. Compris ?

Tom bouillonnait, mais il ravala ce qu'il allait dire et se contenta de hocher misérablement la tête.

CHAPITRE
UN

LES COULOIRS RÉSONNAIENT à nouveau des bruits des élèves courant d'une salle de classe à l'autre. Après les avoir vus vides la dernière fois qu'il était venu à l'école, Tom fut un instant déconcerté par le bruit et la pression de la foule. Cependant, il ne lui fallut pas longtemps pour s'acclimater à son ancienne école. En même temps, Tom se demandait s'il pourrait un jour vraiment s'intégrer quelque part maintenant qu'il était si différent.

Étudier les mêmes vieilles matières alors qu'un Sorcier maléfique et puissant traquait sa famille et lui rendait la concentration difficile. Tout semblait inutile, même ridicule, et Tom sentait son esprit vagabonder. Il était impatient de retourner dans sa *nouvelle* école. Bien qu'ils aient en grande partie le même programme, ils avaient aussi des études plus... pratiques. Ses cours particuliers avec le Professeur Montague lui manquaient. C'était le seul moment où il se sentait puissant.

Au moins jusqu'à son retour, il pouvait compter sur Lola et Devlin. Il retrouva ses amis au déjeuner et Lola se leva pour lui faire un câlin. Devlin lui donna un coup de poing sur l'épaule et lui indiqua une chaise vide.

— On ne savait pas si tu serais là ou non, mais on t'a gardé une place.

Tom sourit et se laissa à moitié tomber sur la chaise.

— Je suppose que vous avez entendu parler de ce qui s'est passé ?

— Tu as de la chance qu'il ne t'ait pas tué, lança Lola sans préambule.

Tom sentit son irritation monter. Comme toutes ses réussites, tous les combats qu'il avait menés ne comptaient pour rien ? Ce n'était que de la chance ? Avant qu'il ne puisse parler, Devlin intervint.

— On a entendu dire que tu l'as affronté tout seul.

Il semblait impressionné et Tom se sentit un peu mieux, bien que le commentaire de Lola le piquât encore.

— J'étais le seul présent...

Il essaya d'être modeste, mais en vérité, il était fier de lui. Il haussa les épaules avec autant d'humilité qu'il put.

— Tu n'aurais pas dû y être, insista Lola. Pourquoi es-tu resté pour te battre ? Tu aurais dû fuir quand tu en avais l'occasion.

— J'ai survécu, non ? lui rétorqua Tom.

Elle recula, mais jeta un regard à Devin pour obtenir son soutien. Parlaient-ils de lui par télépathie ? Jouaient-ils au bon et au mauvais flic ? Le micromanageaient-ils ? Lola commençait à ressembler à sa mère et non à sa... eh bien, petite amie.

— De plus, je défendais ma famille.

Devlin acquiesça.

— Je comprends. C'est ton devoir en tant que Gardien.

Tom se sentit validé. Devlin comprenait.

— Eh bien, pas moi, siffla Lola à Devlin. Ce que j'ai entendu, c'est que ta mère et Tabitha ont été évacuées, mais que toi, tu es resté pour combattre.

— Ce n'était pas comme ça.

Tom sentit sa colère monter. Pourquoi ne pouvait-elle pas laisser tomber ?

— Tom, intervint à nouveau Devlin. Raconte-nous comment c'était. Tout ce qu'on a entendu, c'est que tu t'es battu, mais on n'a pas eu beaucoup plus de détails.

Tom jeta un coup d'œil par-dessus son épaule. Il n'était pas pressé de partager son histoire, même avec ses amis les plus proches. Mais malgré ses reproches, Lola l'aimait et voulait seulement qu'il soit en sécurité. Et Devlin le soutiendrait, quoi qu'il arrive. Il prit une inspiration et répondit :

— Pas ici.

Ils se retrouvèrent sur la plateforme de Méditation. Tom commença par le début, mais sauta la partie où il avait tué le Sorcier. Ils n'avaient pas besoin de connaître cette partie de ses capacités, du moins pas avant que Tom ne les maîtrise mieux, comme le lui avait conseillé le Directeur.

Il omit également la récupération de la bague à cachet, car il aurait dû admettre où elle était allée et comment elle avait été récupérée. De plus, ce n'était guère important, n'est-ce pas ? Il avait récupéré la bague, c'est tout ce qui comptait. Bien que Lola et Devlin soient de nouveaux Voyageurs, ils haletèrent tous deux quand il leur raconta comment le Maître avait volé sa Clé. Tom accéléra le reste du récit, terminant par ses retrouvailles avec sa mère et sa sœur à l'école. Il resta vague sur la façon dont il avait passé les vacances de printemps, se contentant de dire que sa famille et lui avaient Voyagé. Il détestait garder des secrets pour ses amis, mais les événements récents le rendaient paranoïaque. Il ne pouvait toujours pas se défaire de l'idée qu'il pourrait y avoir une taupe parmi eux.

Quand il eut terminé, Devlin émit un sifflement bas.

— C'est...

Il secoua la tête, incrédule.

— Tu l'as vraiment affronté, je veux dire face à face.

Il fit un signe de tête vers Lola.

— Elle a raison, tu sais, tu as *vraiment* de la chance d'être en vie.

Tom ressentit de l'agacement à ces mots, mais cela ne le hérissa pas comme l'avait fait Lola. Après avoir relaté les événements une fois de plus, il était secrètement d'accord avec Devlin. Il avait *vraiment* de la chance d'être en vie. D'ailleurs, *pourquoi* était-il en vie ? Le Maître aurait pu l'achever pendant qu'il était agenouillé sur le Sorcier mort. Le Directeur avait éloigné Tom. Si la magie des Hauts Elfes était plus puissante que la magie terrestre, pourquoi le Directeur n'avait-il pas combattu le Maître ? Au minimum, ils auraient pu le capturer et l'interroger. Le Conseil des Êtres Magiques Terrestres aurait sûrement convenu que c'était une ligne de conduite sûre.

— Tom ?

Lola parla doucement. Tom se secoua pour sortir de sa rêverie. Il y avait tant de questions concernant cette nuit-là, tant de choses laissées inexpliquées. Elles devraient trouver réponse plus tard.

Bien sûr. Je vais simplement trouver le Maître et lui demander.

— Désolé, j'étais perdu dans mes pensées. Je veux dire... je suis censé retourner en cours alors qu'il y a un maniaque en liberté. Je suis censé me concentrer sur...

Il agita la main vers le sac d'école qu'il avait jeté sur la plateforme.

— ...*des livres* ? Ce dont j'ai besoin, c'est d'entraînement et d'expérimentation pour découvrir ce que je *peux* faire et comment protéger ma mère et ma sœur.

— Tu les protégeras en restant hors de vue.

Lola posa sa main sur son bras. Son irritation envers elle était revenue et son contact le démangeait, l'agaçait même.

— D'accord, très bien. Peu importe, je... je pense simplement que je mérite de savoir quel est le plan, ou même s'il y en a un.

— Pourquoi ? Le Directeur et les Professeurs ont des années d'expérience et la magie elfique est beaucoup plus puissante...

— ...que l'humaine, acheva Tom sèchement. Je sais, on m'a répété sans cesse à quel point elle est puissante, mais il n'a pas affronté le Maître, n'est-ce pas ? Et si le Professeur Thunderbolt était si formidable, comment se fait-il qu'il n'était pas là non plus ?

Il serra les poings et fit les cent pas, frustré d'essayer de s'expliquer.

— Vous ne comprenez pas. Je dois protéger ma famille, *moi*. J'ai cette responsabilité, *j'ai* la responsabilité de les garder en sécurité et ils sont seulement en danger à cause de *moi* !

Il s'arrêta, se rendant compte qu'il parlait de plus en plus fort. Il prit une inspiration et continua d'un ton plus doux.

— Je devrais au moins avoir mon mot à dire sur mon avenir.

— Tom, dit Lola comme si elle expliquait quelque chose à un

enfant inconscient. C'est juste que j'ai peur pour toi. Affronter le Maître ? Si même Lianon ne veut pas faire ça, quelle chance as-tu ?

— Peut-être que je suis plus fort que lui, cracha Tom en retour.

Elle soupira et il savait qu'il devrait s'arrêter là, mais Tom était irrité.

— Le Directeur a dit que je l'étais, ou que je pourrais l'être, en tout cas.

Il se détourna d'elle et fit face à Devlin.

— Et toi ? Tu es de son côté ?

— Il n'y a pas de *côté* ! objecta Lola, frappant sa paume sur sa cuisse avec agacement.

— Tom, reste simplement discret pour l'instant. Tabitha et toi êtes en sécurité ici à l'Académie. Je suis sûr qu'ils ont quelqu'un qui veille sur ta mère pendant que vous êtes ici.

— En sécurité ? répéta Tom. En sécurité, comme un insecte se cachant sous une pierre. En sécurité jusqu'à ce que nous sortions, jusqu'à ce que nous baissions notre garde. La maison était protégée par des couches et des couches de protections magiques, et pourtant le Maître les a quand même franchies. Ma mère se déplace tous les deux jours, ne restant jamais trop longtemps au même endroit. Quelle vie est-ce pour elle ? Toujours regarder par-dessus son épaule, devoir faire confiance à des gens pour assurer sa sécurité ? Où était la fameuse magie elfique quand j'en avais besoin hier ?

Il se rendit compte qu'il respirait rapidement.

— Ce dont j'ai *besoin*, c'est d'entraînement. J'ai besoin de devenir plus fort, d'atteindre ce pouvoir "inexploité".

Il fit des guillemets avec ses doigts et le mot sortit amer et dur.

— En attendant, dit Devlin raisonnablement, peut-être que tu devrais...

— Peut-être, parla Tom par-dessus lui, ne se souciant plus du volume. Peut-être que je devrais retourner à l'Académie Harding et étudier quelque chose d'important ! Pas seulement le samedi, mais à plein temps.

— Tu veux dire étudier avec quelqu'un comme Zaina ? dit Lola dans un dangereux murmure.

Une partie de l'esprit de Tom l'avertit qu'il marchait sur des œufs, mais il l'ignora. Il regarda Lola, essayant de comprendre ce changement de sujet. Il haussa les épaules, confus, et le visage de Lola devint blanc de colère.

— Idiot !

Elle pivota sur ses talons et s'éloigna furieusement.

— C'était quoi, ça ? demanda Tom en se tournant vers Devlin.

— Jalousie, trahison, hormones, dit Devlin. Choisis ta réponse.

Il attrapa ses livres et suivit Lola.

Tom s'assit sur la plateforme, essayant de comprendre ce qui venait de se passer. Peu importait. Pas avec le Maître à ses trousses et celles de sa famille. Quoi qu'il se soit passé avec Lola et Devlin, c'était quelque chose dont il s'occuperait plus tard. Après avoir vaincu le Maître.

Parce qu'il le devrait, n'est-ce pas ? Jusqu'à présent, il n'avait vu personne avec assez de pouvoir pour même égaler ce qu'il avait vu le Maître faire cette nuit-là.

Il s'accorda un moment, rêvant éveillé du Maître tombé à ses pieds. Peut-être une autre lance de sang ? Le souvenir le ramena à la réalité aussi vite qu'un seau d'eau froide au visage. Non. Il ne voulait pas tuer. Pas encore. Plus jamais.

Mais y avait-il un autre moyen de s'assurer que le Maître ne s'en prendrait plus à lui et à ceux qu'il aimait ?

Il devait y avoir un moyen. Il avait besoin de plus d'informations et il devait devenir plus fort. Beaucoup plus fort. Plus fort que Lianon. Plus fort que le Maître.

Et si cela signifiait que le Maître devait mourir, ce serait probablement à lui de s'en charger, n'est-ce pas ? Ce n'était pas la faute de Tom si son adversaire ne savait pas quand reculer. Ce n'était pas seulement ses amis et sa famille. Si le Maître parvenait à ses fins, le monde entier était en danger.

CHAPITRE SEPT

Tom se retrouva seul. C'était de plus en plus fréquent ces derniers temps. Même ses cours du samedi avaient été écourtés. Jusqu'à ce que Lianon l'autorise à retourner à Harding, Tom allait à l'école, puis revenait à l'appartement londonien protégé par des barrières magiques pendant les week-ends. Et maintenant, pour les vacances de printemps. Tom n'était pas certain que ce soit vraiment sûr. Le Maître avait réussi à franchir les barrières protégeant leur autre maison sans trop d'efforts. Néanmoins, quand il était chez lui, il pouvait garder un œil sur sa mère et savait où se trouvait Tabitha. Pas de sorties du week-end entre amis pour aucun d'entre eux.

Lui et Tabitha voyaient leurs amis à l'école pendant la semaine. Si leur mère suivait les règles, ses semaines devaient être terriblement ennuyeuses, confinée entre les murs de leur appartement. Pendant des mois, elle avait été privée de sa Clé, et maintenant qu'elle lui avait été rendue, elle ne pouvait se déplacer que d'une maison à l'autre. Cet isolement forcé la rendait folle et, par conséquent, elle semblait penser qu'il était de son devoir de rendre tout le monde fou également.

Avec Lola et Devlin qui lui faisaient inexplicablement la tête, il n'y avait personne à qui parler à l'école, pas vraiment. Alors, il assistait aux cours, essayant poliment de faire semblant de s'intéresser à la macroéconomie et à l'instabilité politique au Moyen-Orient tout en élaborant dans son esprit des plans pour éliminer Le Maître. C'était une perte de temps, mais du temps, il en avait en abondance. Le seul qui savait quand Le Maître frapperait à nouveau était Le Maître lui-même. Donc, Tom faisait semblant de vivre normalement et s'irritait de ne pas être plus actif.

Quand il rentrait chez lui, il s'isolait dans sa chambre, tripotant machinalement la chevalière. C'était devenu une habitude, comme s'il essayait de trouver la bonne combinaison pour qu'elle reste à son doigt. Même la bague ne semblait plus adaptée, comme si le fondement même de tout ce qu'il était autrefois s'était brisé en cette seule nuit. D'une certaine façon, sa propre peau ne lui allait plus correctement, lui procurant une agitation que les actions banales de la vie quotidienne ne pouvaient apaiser. Il mangeait avec sa famille, mais au final, il préférait être seul, du moins pour l'instant.

Cela faisait des semaines depuis la bataille contre Le Maître et jusqu'à présent, il n'avait rien entendu de personne. Si des décisions officielles avaient été prises, personne ne l'en avait informé. Sa mère et sa sœur vaquaient à leurs occupations sans jamais discuter de la raison pour laquelle ils passaient tant de temps en famille. Et ses amis, eh bien, ils restaient polis mais distants. Il n'était pas prêt à les appeler "anciens amis". Pas encore. Même le Directeur semblait garder ses distances. Tom ne l'avait pratiquement pas vu. Pendant ce temps, Le Maître était toujours quelque part, à élaborer ses plans machiavéliques.

Il se disait qu'une petite séparation de Devlin et Lola était probablement pour le mieux. Ses amis se retrouvaient automatiquement dans la ligne de mire. Si sa famille était ciblée à cause de lui, alors ses amis étaient tout aussi vulnérables. Il utilisait cette justification comme réconfort quand il se sentait isolé ou seul.

Comme maintenant. Allongé sur son lit, il essayait de disparaître dans ses écouteurs. Il montait le volume pour s'évader dans la musique, mais il lui vint à l'esprit qu'il ne pourrait pas entendre si une alarme retentissait ou si quelqu'un l'appelait à l'aide. Finalement, il se contenta d'écouter avec un seul écouteur, juste pour rester vigilant.

Après le deuxième jour d'isolement auto-imposé, il commença à se demander ce qu'il pourrait apprendre par lui-même. Que ce soit en lui ou dans le sang, la Magie était à portée de main. Si personne n'allait le préparer à combattre Le Maître, alors peut-être devait-il trouver d'autres moyens de se préparer.

Si personne n'avait mentionné d'entraînement ou ne lui avait appris à se défendre jusqu'à présent, alors ils ne le feraient probablement jamais. Le fait qu'il entendait répéter sans cesse que les "adultes" devaient gérer la situation et qu'il devait se cacher sous son lit en attendant prouvait assez bien ce point. Ils le retenaient délibérément alors qu'il était pratiquement un adulte lui-même. Pour lui, cela n'avait aucun sens. Surtout que, avant que les choses ne s'enveniment avec le Maître, tous ses mentors étaient désireux de l'aider à développer ses capacités.

Qui avait combattu Le Maître ? Tom l'avait fait. Le Professeur Thunderbolt s'était enfui. Certes, il avait mis la famille de Tom en sécurité, mais il n'était pas revenu, n'est-ce pas ? Et Lianon ? Le vieil Elfe Supérieur avait pratiquement attrapé Tom et l'avait jeté à travers un Portail comme s'il arrachait un enfant d'un bâtiment en flammes. Il n'avait pas *réellement* combattu Le Maître, n'est-ce pas ?

Alors comment Tom était-il censé laisser la bataille aux personnes mêmes qui avaient refusé de se battre dès le départ ? Fuir n'était pas la solution. Se terrer dans une maison confiée à des barrières qui avaient déjà échoué une fois n'avait aucun sens non plus.

La réponse était simple. Le pouvoir. Si Tom était... *éventuelle-ment* — il grimaça à ce mot — destiné à vaincre son ennemi, alors il était grand temps qu'il apprenne comment faire. Il jeta son livre d'économie à travers la pièce par frustration. Ce n'était vraiment pas *juste*. C'était Tom que Le Maître pistait. C'était Tom qui mettait sa famille et ses amis en danger. Pour une raison ou une autre, Le Maître le voulait, lui. Pourquoi ne devrait-ce pas être Tom qui le combatte ? Cela aurait dû être évident, mais au lieu de cela, tout le monde le maintenait en arrière, le retenait.

Le Maître n'attend pas. Il rassemble ses forces. Il remplace ses sbires. Une vague familière de culpabilité accompagna cette pensée, mais Tom la repoussa.

— Tom ? Sa mère frappa à sa porte. Tout va bien ?

— Oui.

Non, rien ne va. J'ai juste fait tomber un livre.

— De quelle hauteur ? demanda sa mère, mais il soupçonnait qu'il n'était pas censé l'entendre, vu qu'elle s'éloignait déjà.

Il se leva et commença à faire les cent pas. C'était comme s'il avait trop d'énergie et qu'il devait faire *quelque chose*. Mais puisqu'on ne lui permettait pas de faire quoi que ce soit d'*utile*, autant tourner en rond dans la cellule de prison qu'était sa chambre.

S'il était honnête avec lui-même, s'en sortir la dernière fois avait *vraiment* été de la chance. Lola avait raison sur ce point, au moins. Mais Le Maître n'était pas stupide. Il serait prêt la prochaine fois. Il ne laisserait pas Tom s'échapper à nouveau.

Il tournait encore la bague à son doigt, quelque chose pour occuper sa main pendant qu'il réfléchissait. *Il ne me laissera pas m'échapper à nouveau.* Cette pensée tournait dans sa tête comme en boucle. Il y avait quelque chose là-dedans qui semblait important. Il renifla et tourna la bague assez fort pour sentir la friction sur son doigt. *Bien sûr que c'est important. C'est effrayant.*

Tom passa ses doigts le long des tranches des livres dans sa bibliothèque, se rappelant distraitement la bataille.

Il avait hésité. C'est vrai, il avait hésité à aider le Sorcier blessé. Mais quand Lianon avait ouvert un Portail et l'avait appelé... plusieurs fois... Tom avait hésité. Il avait tué un homme et il était resté là, incrédule, devant le cadavre. Lianon l'avait appelé plus d'une fois. Tom avait été vulnérable, exposé.

Lianon était puissant et il était probablement vrai que la magie elfique était plus forte que celle des humains, mais quelque chose ne concordait pas. Le Directeur n'avait pas attaqué, il n'avait lancé aucun sort contre Le Maître, il avait seulement traîné Tom à travers le Portail... *après* que Tom eut tergiversé, attendu et essayé de comprendre ce qui lui était arrivé.

Comment avaient-ils réussi à s'échapper ?

« Achève-le », c'est tout ce que Le Maître avait dit et il avait attendu... il avait *attendu* que Tom l'achève au lieu de pousser son avantage et de capturer Tom. Ça n'avait aucun sens. Si lui...

— Aïe. Tom regarda sa chevalière. À force de la tourner et de jouer avec, un petit morceau de peau à la base de son doigt s'était coincé et pincé. Il serra ce doigt dans son autre main jusqu'à ce que la douleur aiguë disparaisse, reconnaissant pour cette douleur qui l'avait si brusquement ramené à ce qui se trouvait juste devant son nez.

Il avait assez réfléchi. Il était temps de faire quelques expériences par lui-même. Si personne n'allait lui enseigner la Magie de sang, alors il se l'enseignerait tout seul.

CHAPITRE HUIT

— Ce n'est pas juste. Tom se tenait devant le bureau du Directeur Lianon. Il essayait de faire comprendre au Haut Elfe ce qu'il ressentait, de lui expliquer à quel point il se sentait impuissant, mais Lianon semblait ne pas écouter. Pire encore, il n'allait pas écouter, quoi que Tom puisse dire. — Je veux dire, avec tout le respect que je vous dois, Monsieur, et je le pense sincèrement, au final, c'est mon combat.

— Tom, je comprends votre frustration...

Le Directeur parlait patiemment, bien qu'une partie vocale de l'esprit de Tom en doutât. Il ne pouvait pas *vraiment* savoir. Comment le pourrait-il ? Quand avait-*il* été traqué, ou quand avait-on utilisé *sa* famille contre lui ?

— Mais c'est quelque chose dans laquelle vous ne pouvez pas simplement vous précipiter. « Le Maître », comme il se fait appeler, est trop puissant. La chose la plus sûre à faire est d'attendre.

— Mais... Monsieur, qu'attendons-nous exactement ? Je veux dire, à moins que vous ne pensiez qu'il va changer d'avis et me laisser tranquille...

— J'en doute sérieusement. Le Directeur secoua la tête.

Tom savait déjà ce qui allait suivre. Il pouvait presque le réciter par cœur maintenant : *puissant, implacable, veut ton pouvoir... bla, bla, bla...*

— Alors à quoi sert d'attendre ? demanda Tom, s'efforçant d'être raisonnable.

Mais Lianon semblait déterminé à être irritant. Pour l'amour du ciel, Tom ne comprenait pas pourquoi il devait se mettre dans tous ses états pour une question aussi simple. La frustration s'était emparée de lui et il ne pouvait pas s'arrêter.

— Vous devez être plus puissant, plus *maîtrisé*... Lianon frappa du plat des mains sur le bureau, s'appuyant dessus en parlant. Comme si en réduisant la distance entre eux, il pouvait forcer Tom à voir les choses à sa façon.

Cela aurait dû être un avertissement, mais Tom continua simplement à parler par-dessus lui. — Comment puis-je devenir plus fort en restant ici ? Comment suis-je censé apprendre le *contrôle* s'il n'y a personne pour me l'enseigner ? J'étais censé être à Harding les samedis. Pendant ce temps, alors que nous nous cachons ici comme des cafards sous le tapis, *LUI* devient plus fort, et ma famille reste sans protection !

— Votre sœur est ici pendant la semaine, avec vous. De plus, il y a de nouvelles protections autour...

— Des protections ? Tom n'avait pas eu l'intention de crier ces mots, mais c'était tellement ridicule. — Il a traversé les protections comme si elles n'existaient pas. Elles ne sont rien pour lui !

— Tom...

— Et pendant que nous restons ici à ne rien faire, que fait-*il* ?

— Tom ! Le Directeur se redressa de toute sa hauteur.

— Que veut-il de moi ?! Tom leva la main et s'agrippa les cheveux. Il avait du mal à se retenir de les arracher. La douleur de les tirer coupait à travers la colère et l'aidait à se recentrer. Pourtant, il ne pouvait pas empêcher la frustration de venir, elle était restée trop longtemps enfouie. — Du sang ?! Il peut l'avoir. Je lui en donnerai un litre. Je n'ai besoin que d'une goutte pour le faire tomber. Bon sang, je le lui donnerai même si ça le fait sortir là où on peut l'attraper !

— THOMAS ! Lianon frappa du poing sur le bureau. Une photo encadrée tressauta et tomba, le bruit du verre qui se brisait résonnant dans le silence. Tom se contrôla, repoussant la colère qui s'était accumulée. À son horreur, il réalisa tardivement qu'il avait crié sur le Directeur de l'école.

— Je suis...

Désolé. Je suis désolé. Dis-le simplement. Dis-le à voix haute.

Le Directeur Lianon recula du bureau. Il laissa échapper un souffle, ses épaules perdant un peu de leur rigidité. — Tom. Il semblait peut-être plus calme, mais il parlait toujours comme si Tom était un enfant capricieux, le mot unique s'échappant de sa bouche presque comme un soupir. C'était aussi agaçant, mais Tom devait admettre que c'était justifié. Peut-être qu'il avait l'air d'un enfant faisant une crise de colère, mais le Haut Elfe n'avait aucune raison de le traiter avec condescendance. S'il avait considéré Tom comme un adulte dès le départ, il n'aurait jamais perdu son sang-froid.

Tom tendit la main vers le bureau et redressa la photo. — Je devrais nettoyer ça pour vous...

Lianon commença à dire quelque chose, mais un éclat coupa le doigt de Tom. Tom mit le doigt blessé dans sa bouche. *Génial, j'essaie de le convaincre que je suis un adulte en faisant une crise de colère et maintenant je me suce les doigts.*

— Tom. Je sais que je vous demande beaucoup, mais il y a plus de soutien que simplement le Professeur Thunderbolt et moi-même derrière vous. J'ai sollicité de l'aide d'autres endroits, parlé à d'autres pour comprendre ce à quoi nous sommes confrontés. Et croyez-moi, s'il vous plaît, quand je dis que *nous* sommes confrontés à cela, pas seulement vous.

Tom retira le doigt de sa bouche et appuya son pouce contre l'entaille, essayant de forcer le saignement à s'arrêter sans la guérir. Il se sentait pervers concernant cette partie de lui-même en ce moment. — J'ai quand même besoin d'un entraînement... Monsieur. Il était fier de la façon dont il avait sa voix sous contrôle à nouveau. — Pourquoi ne pas commencer par là ?

— Je suis d'accord sur le fait que vous devriez retourner à Harding. Lianon se laissa tomber lentement dans son fauteuil à nouveau. — Nous avons dû attendre jusqu'à ce qu'ils améliorent leurs protections et leur sécurité, mais je crois qu'ils sont prêts pour vous maintenant, si vous voulez y aller. Ils ont de meilleures installations pour ce dont vous avez besoin. S'il était contrarié par cet aveu, il n'en montrait rien.

— Merci, Monsieur. Ce n'était pas tout ce que Tom avait voulu, mais c'était un début. — Dès mon retour du voyage de classe, je prendrai les dispositions nécessaires.

Lianon bougea dans son fauteuil et fit une grimace. — À ce sujet... j'en ai discuté avec vos professeurs, et nous avons déterminé qu'il ne serait pas judicieux de participer à un voyage de classe international.

— Mais... Tom oublia la coupure et resta bouche bée devant le Directeur. — C'est pour les Études du Moyen-Orient. C'est pour ma spécialité. Ce voyage représente la moitié de la note du semestre.

Le Haut Elfe hochait déjà la tête. — Oui, je m'en rends compte. Et j'en suis désolé, mais c'est simplement trop dangereux en ce moment. Il n'y a aucun moyen de vous protéger lors d'un tel voyage. Vous devez le comprendre.

— Donc, j'échoue au cours ?

— Non. Comme je l'ai dit, j'ai parlé à vos professeurs, et nous avons convenu de vous permettre de rattraper le devoir à la bibliothèque ici. Un exposé...

— Ça fait partie de ma *spécialité en Études Mondiales* ! Tom mit l'accent sur ces mots au cas où le vieil homme ne comprendrait pas. Pour étudier le monde, il fallait sortir *dans* le monde. — Je ne peux pas apprendre ce qu'on ressent à... à... à Abu Dhabi depuis un livre. Je ne peux pas faire l'expérience du Mur des Lamentations à partir d'un rapport de seconde main et d'une poignée de photographies et quelques séquences vidéo du voyage de quelqu'un d'autre !

— Je crains que ce ne soit le mieux que nous puissions faire dans ces circonstances.

— Donc... Le pouce de Tom appuyait fort sur la coupure maintenant. Il pouvait sentir les bords se rapprocher, guérissant malgré lui. La retenue nouvellement acquise s'érodait sous lui, mais l'injustice des derniers jours le tuait. — Donc, un Sorcier fou m'attaque et *c'est moi* qui dois en souffrir ? Pourquoi Le Maître ne paie-t-il pas pour tout ce qu'il a fait ? Pourquoi est-ce moi qui dois voir sa vie complètement bouleversée ?

— Tom... c'était aussi las que Tom n'avait jamais entendu le vieux Haut Elfe.

— Vous avez peur de lui. Il en fit une accusation, cherchant à blesser l'Elfe, à le pousser à l'action.

— Oui, admit le Directeur. J'ai peur.

Cette réponse calme laissa Tom déséquilibré. Pendant un moment, il fixa le Directeur, pas sûr qu'il entendait correctement.

Lianon se redressa, un soldat déjà fatigué par la bataille mais qui continue malgré tout. — Comme toute personne intelligente. Comme vous devriez l'être aussi. Et c'est ce que j'ai voulu vous faire comprendre. Vous devez avoir peur, Tom.

— Je l'ai combattu une fois, dit Tom sans chaleur. Même lui n'était pas assez stupide pour penser qu'il avait gagné.

Mais il n'avait pas exactement perdu, non plus.

— Non, Tom. Ce n'est pas vrai. La voix du Directeur aurait pu congeler de l'hélium. — Vous avez combattu ses sbires. Pendant qu'il regardait. C'était un test, Tom. Il voulait voir de quoi vous étiez capable.

— Mais l'armure...

— Vous avez dit vous-même que vous étiez distrait. L'automate avait un tir clair et qu'a-t-il fait ? Il vous a coupé le bras. Il aurait pu vous *tuer*, mais tout ce qu'il a fait, c'est vous faire saigner. Ce n'était pas un combat, Tom, c'était un test. Vous avez joué pour lui. Vous ne l'avez pas combattu. Et ce Sorcier que vous avez tué ? Il vous a *simplement attrapé le bras*, Tom. Même cela n'était pas un combat magique. Vous ne l'avez pas battu. Vous avez tout dit au Maître sur ce qu'il voulait savoir de vous.

Tom sentit une pierre se former dans son estomac. Était-ce vrai ? Le Maître s'était-il joué de lui ?

Bien sûr qu'il l'a fait. Je suis un idiot.

Mais alors, le Directeur ne jouait-il pas aussi avec Tom, en ne le laissant pas s'entraîner ?

Il regarda la goutte de sang sur son doigt. Elle brillait à la lumière et laissait une fine traînée rouge en s'accumulant et en glissant le long de sa main. Pendant un instant qui s'attarda, le bureau dans lequel il se tenait prit une image plus vive. Les livres sur les étagères, au lieu d'être des reliures identiques banales, s'affichaient en couleurs brillantes et il pouvait deviner ce que chacun contenait dans leurs pages d'un simple coup d'œil. Il réalisa aussi à quel point ces pages pouvaient facilement brûler. Le bureau brillant n'était guère plus que des éclats qui n'avaient pas encore été séparés mais pouvaient facilement se briser. Le verre des fenêtres aspirait à éclater et le monde entier semblait être en suspens, retenant son souffle, attendant le bon plaisir de Tom.

Tom déglutit avec difficulté et se rappela de respirer.

— Ce n'est pas juste, murmura Tom à la goutte de sang alors qu'elle disparaissait dans son doigt, la blessure se refermant finalement, malgré lui. Ce n'est pas juste.

CHAPITRE NEUF

— Ce n'est pas juste. Tom s'adossa contre le mur, un pied sur le banc où Zaina et Mandy étaient assises à le regarder. C'était vendredi après-midi. Il était de retour à Harding depuis à peine une heure et déjà, il se sentait plus chez lui qu'il ne l'avait été toute la semaine à L'Académie.

— Non. Benny secoua la tête. Il se tenait à côté de Tom, une poubelle entre eux comme un garde trapu. Ce n'est pas juste du tout. Je veux dire, « laissez-nous nous en occuper », c'est bien beau, mais ensuite ils *ne* s'en occupent *pas*.

— Exactement ! s'exclama Tom en rebondissant sur ces paroles. Soit on me montre comment faire, soit on le fait, ou... quelque chose. N'importe quoi. Tout ce qu'ils font maintenant, c'est... rien. Il leva les bras de dégoût. Comment peut-on voir ce que ce fou a fait, savoir que des gens sont en danger et ne... rien faire ?

— Peut-être qu'ils *font* quelque chose, proposa Mandy, toujours prête à voir le bon côté des choses. Peut-être qu'ils ne t'incluent simplement pas dans ce qu'ils font ?

— C'est tout aussi grave, répondit Zaina en secouant vigoureusement la tête. Peut-être même pire. Elle fit un geste vers Tom. C'est sa vie qui est en danger, c'est sa famille qui est menacée. Ils ne devraient rien faire sans le lui dire.

— Oui ! Tom se sentit conforté dans ses idées. Exactement !

— Le lui dire ? railla Benny. On devrait lui demander, comme une permission. Il haussa les épaules.

Tom essaya d'imaginer le Directeur Lianon lui demandant la permission et n'y parvint pas. Il ne pensait pas que cela devait aller si loin. Il n'avait pas besoin de donner sa *permission*, il voulait juste être inclus dans les plans. Il ne dit rien cependant. Après avoir été traité comme un enfant insolent, être informé était au moins un pas dans la bonne direction. Il se mit à fantasmer qu'il pourrait se montrer magnanime et laisser au Directeur une certaine latitude, lui permettant de prendre ses propres décisions tant que Tom était tenu au courant. Et formé.

Au moins, on lui avait finalement permis de retourner aux cours du week-end à Harding. C'était un pas dans la bonne direction. En quelque sorte. Mais quelques heures chaque samedi pouvaient-elles vraiment suffire à lui donner le contrôle dont il avait si désespérément besoin sur sa Magie de sang ?

Pourtant... y avait-il *quelqu'un* d'autre qui avait une chance contre Le Maître ? Les paroles de Lianon résonnaient dans son esprit, et à vrai dire, elles n'avaient jamais cessé. « ...plus fort que Le Maître... »

— Tom ? appela Zaina avec impatience. Sortant de son fantasme, Tom réalisa qu'il n'avait pas prêté attention à la discussion.

— Je suis désolé. Il offrit un sourire d'excuse à ses amis. C'est juste que tout le monde semble vouloir que je me cache et que je laisse les autres se battre pour moi.

— Qui ? demanda Zaina, le nez plissé par une grimace.

Tom haussa les épaules. — Ils n'arrêtent pas de dire de laisser le Directeur Lianon et le Professeur...

— Non. Zaina l'interrompit, avec un hochement de tête impatient. Je veux dire, qui t'a dit ça ?

— Oh. Eh bien, le Directeur et le Professeur Thunderbolt, bien sûr.

— Bien sûr, répéta Benny, le ton du garçon grassouillet était moqueur. Naturellement, *eux*, ils diraient ça.

— Ma mère et ma sœur, ajouta Tom, la frustration qu'il avait contenue remontant lentement à la surface. Ses amis, ses *nouveaux* amis hochèrent la tête comme si ce n'était pas une grande surprise. ... les gens à l'école...

— Attends. Zaina leva la main pour l'empêcher de continuer. Tes amis te disent de fuir et de te cacher ?

— Ne comprennent-ils pas ce qui est en jeu ? Benny semblait offensé. Je veux dire, ce ne sont pas *leurs* familles qui sont en danger.

— D'accord, même la placide Mandy semblait un peu contrariée par cela, je suis d'accord que tu dois être informé de ce qui se passe et de ce qu'ils prévoient, mais je ne pense pas que tu doives foncer pour l'affronter à nouveau. Tu te souviens de David et Goliath ? Ce n'est pas toujours le plus fort qui gagne. Parfois, c'est le plus rusé, et d'après ce que je comprends, Le Maître est aussi maléfique qu'on peut l'être.

Après un moment de silence, Zaina sourit à la jeune fille. — Je crois que c'est la plus longue phrase que je t'ai jamais entendue prononcer. Mandy lui lança un regard aigre, mais une légère rougeur sur ses joues démentait tout sentiment désagréable.

— Je pense juste... que tu dois comprendre le pouvoir que tu *as* déjà, et tu n'as peut-être pas besoin d'être plus fort, juste... je ne sais pas... plus sage ? Elle agita ses mains comme si elle essayait de capturer les bons mots.

Tom lutta contre sa défensive initiale. Mandy n'était pas contre lui. Elle ne lui disait pas de laisser les autres se battre à sa place. Elle soulignait simplement la même lamentation sur laquelle Tom réfléchissait depuis ce jour fatidique où Le Maître avait vaincu les protections. — Je *sais* cela. Il leva une main en signe d'excuse quand Mandy tressaillit. Désolé, c'est juste tellement frustrant. Je demande depuis longtemps qu'on m'entraîne, que quelqu'un me montre ce dont je suis capable, et personne ne le fait.

Benny éclata de rire. — Ils ne le peuvent probablement pas, mon vieux. Personne d'autre n'a ce que tu as. Je n'ai jamais vu ni même entendu parler de quelqu'un qui pratique la Magie de sang en dehors des livres d'histoire. Et même ceux-là ne donnent pas beaucoup de détails.

— Ouais, reconnut Tom, mais ce n'était pas la première fois qu'il y pensait. Et je comprends que je ne suis pas le premier, mais ça fait un moment. Je veux dire, il n'y a pas eu de Mages de sang depuis des centaines d'années ou je ne sais quoi. Les livres d'histoire ne nous donnent pas ce dont nous avons besoin. La plupart du temps, ils omettent les détails de ce qui s'est vraiment passé. Peut-être un autre type de livre ? Une sorte de mémoire peut-être ? Un journal au moins ? Il doit bien y avoir quelque chose dans les archives. *Quelque chose.* Pour autant que je sache, personne n'a même cherché.

— Alors fais-le toi-même, dit raisonnablement Zaina.

Tom cligna des yeux. — Qu'est-ce que tu veux dire ? demanda-t-il, se demandant si elle suggérait ce qu'il pensait.

— Je veux dire, si personne ne veut t'enseigner, alors il est temps d'apprendre par toi-même. Expérimente, vois ce que tu peux apprendre seul. Elle attendit pendant que Tom réfléchissait à cela puis continua à le flatter. Quel mal cela pourrait-il faire ? C'est juste une piqûre au doigt et une goutte de sang.

Même pas ça, avec son pouvoir de guérison. Mais il comprit ce qu'elle voulait dire.

— Je... Tom y réfléchit attentivement. La frustration semblait diminuer. Il pouvait penser à nouveau. C'était la grande différence d'être avec des amis qui vous soutiennent et croient en vous. Intéressé maintenant, et se sentant mieux qu'il ne l'avait fait depuis longtemps, il se redressa et examina ses mains. Comment est-ce que je commence ?

— Pique ton doigt ? suggéra Benny avec un petit sourire narquois.

Tom lui donna un coup de poing dans l'épaule. — Je sais ça, je veux dire, qu'est-ce que je fais ? Un sort ? Y a-t-il des mots à prononcer ? Des gestes de la main ? Qu'est-ce que j'essaie ?

— Eh bien, tu as dit que l'armure t'a attaqué ? demanda Mandy. Tom hocha la tête. Commence par là.

— Tu as une armure sous la main ? rit Benny.

Zaina lui lança un regard noir. — Je veux dire, essaie d'animer quelque chose. Comme une statue ou lance une pierre ou quelque chose.

— Ouais. Tom acquiesça. Il se sentait mieux qu'il ne l'avait été depuis un certain temps. Était-il possible de s'entraîner soi-même et d'être assez bon pour défendre sa famille la prochaine fois que Le Maître se montrerait ? Il se dit que même un mauvais entraînement était préférable à pas d'entraînement du tout, et cela semblait être une alternative. De plus, il ne lançait qu'une pierre. Si c'était fait quelque part d'assez désert, personne ne le saurait même.

— D'accord. Tom se redressa et se frotta les mains. Trouvons une pierre et un endroit où personne ne nous verra.

— Il y a la cabane du jardin. Zaina réfléchit un moment. Elle est en brique, donc lancer quelques pierres ne l'abîmerait pas. Il y a au moins un mur sans fenêtres, et elle est éloignée du reste du campus.

Benny la regarda fixement. — Je ne savais pas qu'il y avait une cabane de jardin. Pourquoi ne pas aller à la Tour Est ?

— La Tour est un endroit où tout le monde traîne. La cabane est impossible à voir depuis l'école. C'est parfait. Mandy sourit. Nous autres filles, on est parties explorer un jour et on l'a trouvée un peu par hasard.

— Allons-y. Zaina se leva du banc comme une brume soyeuse. Tom aimait la regarder bouger, elle avait la grâce d'un cygne. Pendant un instant, il fut surpris. Depuis que Lola était entrée dans sa vie, il n'avait remarqué aucune autre fille. Pourtant, il y avait quelque chose chez Zaina qui attirait l'œil.

Ce qui l'attirait lui.

Il toussa, utilisant ce geste pour chasser l'étrangeté de ressentir tout cela. — Nous tous ? Tom regarda d'elle à Benny et à Mandy alors qu'il réalisait soudain ce qu'ils disaient. Il ne s'attendait pas à avoir un public aussi large.

— Pourquoi pas ? Benny se dirigea vers l'endroit où Zaina attendait, Mandy se leva d'un bond pour suivre.

— Mais... vous n'avez pas de cours ? Vous n'avez pas Divination ou quelque chose après le déjeuner ?

Benny secoua la tête. — Tu t'entends parler ? Tu te plains de ne pas pouvoir t'entraîner et maintenant tu temporises ? La Divination ! Si tu veux savoir, nous avons une Étude Surveillée le vendredi après-midi. Disons simplement que nous avons décidé d'étudier la Magie de sang aujourd'hui. Viens. Il fit signe à Tom d'avancer dans la cour, ignorant le fait que Tilly, la jeune Sorcière qui supervisait l'Étude Surveillée, les marquerait absents et qu'ils auraient probablement des ennuis.

Tom suivit les autres, mal à l'aise face à la rapidité de la décision. Bien sûr, Benny avait raison. Il ne pouvait pas se plaindre que personne ne faisait rien puis refuser de participer quand quelqu'un offrait de l'aider. C'était juste une autre façon de laisser les autres mener ses batailles à sa place et il en avait déjà assez. De plus, quelle importance pour lui si certains de ses amis séchaient les cours pour être avec lui ? D'une certaine façon, c'était plutôt sympa. Une preuve de solidarité, ce qui avait manqué à L'Académie.

La cabane s'avéra parfaite. C'était une sorte de remise à calèches ou quelque chose du genre à l'époque. C'était un édifice en brique, bien qu'il y eût une fenêtre d'un côté, face à la porte. Tout le bâtiment était recouvert de lierre laissé à l'abandon durant des années de négligence. Même les outils à l'intérieur étaient presque complètement recouverts de feuilles mortes et de débris épars.

Elle se trouvait à l'autre bout du terrain de l'école. Nichée loin de la cour, cachée derrière un bosquet d'arbres qui s'assemblaient, branches entrelacées dans une danse figée, un grand mur ininterrompu faisait face à un champ avec des pierres éparpillées, sans doute transportées là depuis des parterres de fleurs et des pelouses bien entretenues, puis déversées là où elles ne gêneraient pas.

Benny arracha le lierre du mur. Saisissant une pierre blanche, il dessina une cible grossière sur la brique. Le tracé était faible, mais c'était suffisant. — Il suffit d'en mettre une dans le cercle, mon petit, taquina Benny, mais la lueur dans son œil fit sourire Tom. Ses amis se rassemblèrent derrière lui, bien que Benny se plaça de façon à pouvoir facilement juger de la précision de Tom.

Tom exhala et essaya de vider son esprit. Il n'arrivait pas à se concentrer correctement. Ses pensées allaient encore trop vite. Tout lui semblait si évident maintenant, les possibilités de ce que sa Magie de sang pourrait faire. Le potentiel. Il fixait un tas de pierres comme s'il s'attendait à ce que l'une d'elles se présente. Alors qu'il s'était senti momentanément puissant, lorsque le Maître le pourchassait, maintenant il se sentait juste ridicule.

— Alors ? l'encouragea Zaina.

— Jusqu'ici, c'est plutôt décevant, murmura Benny à mi-voix. Tom fronça les sourcils et se concentra davantage. La pierre sous son regard refusait de se soulever et de se projeter contre la cabane.

— Tu as besoin de sang ? demanda Mandy, essayant clairement d'être utile.

— Je veux voir ce que je peux faire sans me couper, grommela Tom. Jusqu'à présent, les résultats étaient moins qu'extraordinaires. Sans sang. Je devrais pouvoir...

— C'est comme être sur scène, dit Zaina comme si elle le diagnostiquait. Le trac. Parfois, les gens ne peuvent même pas parler, ils deviennent tellement intimidés devant un public.

— Ça aiderait si on se tournait ? demanda Mandy. On ne regardera pas.

— Moi si, dit rapidement Benny.

Zaina haussa les épaules. — Moi aussi.

— D'accord. Si ça l'aide... Mandy agita les bras et pivota sur son talon jusqu'à ce que son dos soit tourné vers lui. Les autres se bousculèrent, pas tout à fait aussi dramatiquement.

Avec un regard méfiant vers le groupe, Tom se baissa, ramassa une pierre et la lança. Elle rebondit sur le mur. — Raté, cria Benny. Tom lui lança un regard sous des sourcils froncés. Si c'était ça, ne pas regarder.

— Tu as un couteau ou une épingle ? demanda Zaina. Tu portes ta bague, n'est-ce pas ?

— Très bien. Tom plongea la main dans sa poche pour récupérer le petit dispositif qu'il avait commencé à transporter avec lui. Il avait acheté une lancette à Londres. Les diabétiques utilisaient ce petit appareil pour vérifier leur glycémie. Il produirait une seule goutte et c'était beaucoup plus facile à contrôler que la lame de la bague, qui avait tendance à couper beaucoup plus profondément qu'il n'en avait besoin. Et bien que Lola puisse être agaçante, elle avait raison. C'était beaucoup plus hygiénique.

Le souvenir de la lance de sang le fit frissonner intérieurement.

Oui. Le contrôle. Tout était question de contrôle. Bien qu'il eût parlé de l'attaque à ses amis, il n'avait rien mentionné à propos de la lance ou du Sorcier mort.

Il actionna l'appareil, et une vive piqûre effleura le bout de son doigt. Une goutte de sang apparut docilement. Elle était ronde et brillante, et elle ressemblait à la goutte qui était apparue hier dans le bureau du Directeur.

Dans les profondeurs de la bulle, comme si c'était une boule de cristal, Tom vit le Directeur, l'entendit à nouveau, la nouvelle de son voyage annulé, le voyage que tous les autres faisaient encore. Son isolement le rongeait toujours. Pire encore, Tom se sentait toujours comme si on s'était joué de lui.

J'ai combattu. Il s'en entoura comme d'une armure. *Armure.* Elle lui avait coupé le bras parce que Tom avait esquivé. Elle lui avait coupé le bras parce que Tom était un meilleur adversaire pour Le Maître que ce que tout le monde lui accordait. Il avait tué le Sorcier. C'était *lui* qui avait défendu leur maison. C'était *lui* qui était resté et avait défié Le Maître lui-même.

Si c'était si important de fuir et de se cacher, alors pourquoi n'y avait-il pas eu de renforts ? Pourquoi personne d'autre ne s'était dressé contre ce fou ? Pourquoi était-ce à Tom alors qu'il n'avait aucune assistance, aucune formation, rien à montrer pour tout ce qu'il avait traversé ? On se jouait de lui ? Eh bien, il semblait que *tout le monde* se jouait de lui. Certainement, le Directeur y avait mis du sien, ainsi que Thunderbolt. Quel genre d'imbécile était-il ?

Tom sentit le sang battre dans ses oreilles, ses dents grinçant les unes contre les autres. Sa respiration était lente et régulière. Le genre de rage froide qui brûle si profondément que chaque respiration attisait les flammes jusqu'à ce que la brûlure incandescente déchire son être.

— Ce n'est pas juste. Il ne savait pas s'il l'avait dit à voix haute et à cet instant, il s'en fichait. Il tourna la chevalière, regardant la bulle de sang ruisseler sur ses doigts. Tout ce qu'il avait à faire était d'ouvrir la bague, de couper plus profondément, de produire plus de sang...

— TOM ! Le cri de Zaina le fit sursauter. Une pierre de la taille de son poing jaillit du sol sous lui et fila vers le mur. Elle s'écrasa contre la brique assez fort pour fracasser le vieux mur, creusant un trou assez large pour que Tom puisse y ramper. Elle continua à travers le cœur du bâtiment. Il pouvait entendre le fracas et le craquement du métal et du plastique, puis l'explosion écœurante lorsque la pierre traversa l'autre côté.

Tom fixa le trou. Il pouvait voir à travers. Les bâtiments qui composaient l'école étaient heureusement assez éloignés pour rester intacts. Il l'espérait. Il n'était pas tout à fait sûr de la distance parcourue par la pierre ou même si elle était encore en mouvement quelque part, déchirant tout ce qui se trouvait sur son passage.

Benny siffla. — En plein dans le mille.

CHAPITRE
DEUX

LE LUNDI SUIVANT, Devlin retrouva Tom dès qu'il s'assit pour prendre son petit-déjeuner. Il se laissa tomber sur une chaise en face de Tom comme si rien ne s'était passé.

Enfin, pas tout à fait comme si rien ne s'était passé. Il semblait plutôt abattu, mais au moins il était là et lui parlait à nouveau. Après être parti, et que Lola ait traité Tom d'idiot, Tom craignait que leur amitié ne soit terminée. C'était un soulagement de le retrouver, même si Devlin semblait plus distant pour le moment.

C'est toujours gênant après une dispute. Laisse-lui du temps.

— Salut. Tom fit un signe de tête. Tu as vu Lola ?

Devlin acquiesça. — Elle arrive. Il hésita, fixant son assiette comme s'il n'avait jamais vu d'œufs auparavant. Il tapota le bord avec les dents de sa fourchette pendant qu'il cherchait quoi dire. Tu lui dois des excuses. Tu le sais, n'est-ce pas ?

Tom le dévisagea. — Pour quoi ? Qu'est-ce que j'ai fait ?

Devlin lâcha sa fourchette et repoussa son assiette. — Tu... tu parles constamment de cette fille, Zaina, et de tes nouveaux amis. De *tes*... problèmes.

— Quoi ? Je n'ai pas le droit de parler de quelqu'un qui essaie de me tuer ?

— Ne te braque pas. Devlin jeta un coup d'œil par-dessus son épaule. Satisfait qu'ils soient assez loin des oreilles indiscrètes, il ajouta : mais elle a aussi besoin d'un peu de temps et d'attention. Elle... tient à toi. Mais tu dois faire la moitié du chemin.

— Que puis-je faire ? Je veux dire... je suis pratiquement prisonnier ici. Je ne peux même pas participer à cette stupide sortie scolaire pour les Études Globales. Qu'est-ce que je suis censé faire ?

— Juste... Devlin s'arrêta et força un sourire sur son visage. Il fit signe à quelqu'un par-dessus l'épaule de Tom. Tom se retourna juste à temps pour voir Lola s'approcher de la table. À son grand soulagement, son sourire éclatant n'était pas forcé, et Tom ne put s'empêcher de sourire en retour. C'était le pouvoir de Lola. Si elle souriait, quiconque autour d'elle souriait aussi. C'était inévitable. Si son sourire disparaissait, la journée devenait vide et longue, comme si quelque chose d'inexplicable manquait.

— Salut. Elle s'assit à côté de Tom et en face de Devlin. J'ai entendu dire qu'ils ont installé les protections à Harding. J'imagine que tu y es retourné ce week-end pour apprendre à contrôler tes... dons ?

C'était, en partie, une assurance que les choses allaient bien entre eux. Mais aussi, un aveu qu'elles n'allaient pas si bien. Qu'elle n'ait pas su avec certitude où il était allé, s'il avait été à Londres ou à Harding, semblait étrange. Même surréaliste. Normalement, ils parlaient constamment. Ils se disaient à peine un mot maintenant.

Devlin lança à Tom un regard indéchiffrable. Ce qu'il voulait dire était toutefois évident. C'était la suite de la conversation précédente, mais Lola parlait à Tom de *lui*, et changer de sujet pour parler d'elle donnerait l'impression qu'il évitait la question.

— J'y étais. Je veux dire, j'y suis déjà allé. L'image du petit hangar en briques troué par le rocher qu'il avait lancé le hantait encore. Ça n'aurait pas dû tenir. Le rocher aurait dû se briser, se pulvériser contre la brique. Même s'il avait réussi à détruire le mur, il n'aurait pas pu garder sa forme assez longtemps et assez durement pour traverser une tondeuse autoportée, un établi, et le mur opposé. Mandy avait couru de l'autre côté pour récupérer le projectile, toujours dans sa forme originale. Heureusement, il n'avait pas dépassé plus de vingt mètres au-delà du bâtiment de l'autre côté. Il avait fait des cauchemars où ce rocher traversait l'un des murs de Harding pour finir dans une salle de classe. Ou pire, dans un étudiant.

C'était troublant qu'il n'y ait eu aucune impulsion pour tenir ou choisir le rocher. En fait, le choix du projectile était complètement inconscient. Certes, il avait essayé de lancer une pierre auparavant. Mais au moment du lancement réel, il s'était perdu dans ses pensées. Une condition qui se produisait avec une fréquence alarmante ces derniers temps.

Zaina lui avait expliqué ensuite qu'elle l'avait appelé plusieurs fois, mais Tom l'avait ignorée, fixant quelque chose dans sa main. Il avait tracé la goutte de sang, jouant avec elle sur son doigt. C'était donc la Magie de sang. Alors, avait-il *besoin* de saigner pour faire de la Magie ? Ne pouvait-il rien faire sans cela ? Ce ne pouvait pas être vrai, n'est-ce pas ?

Il aurait pu faire exploser le bureau du Directeur. Il le savait aussi sûrement qu'il savait marcher. Il avait vu la pièce en formes géométriques basiques, la façon dont les choses semblaient *après* avoir été détruites et il savait, il *savait* comment tout voulait se désagréger, comment tout voulait être détruit, et comment permettre que cela se produise. Comment briser les liens ténus qui maintenaient tout ensemble.

Cette connaissance venait de la contemplation de son sang. Elle venait aussi quand il était en colère, furieux. Il aurait été préférable de compter sur le sang plutôt que sur une humeur incertaine. Si la Magie ne fonctionnait que lorsqu'il était en colère, ce n'était pas très utile. *Magie sauvage.* Pouvoir incontrôlable. Dangereux et imprévisible.

Il devait y avoir un moyen de la contrôler. Il le fallait. Et d'après ce que Tom pouvait voir, Harding était le meilleur endroit pour trouver les réponses. Cela renforça sa détermination.

— Je... j'ai l'intention de demander à y aller à temps plein. Il prononça ces mots précipitamment. Le sourire de Lola s'évanouit de son visage comme s'il n'avait jamais existé. Tom ajouta rapidement face au froncement de sourcils de Devlin : Je... je pense simplement que je pourrais recevoir une meilleure instruction là-bas. Je veux dire pour la... Magie de sang. Quelques cours chaque samedi ne suffiront pas.

— Je vois, dit Lola en s'adressant à la table. Ont-ils aussi une spécialisation en Études Globales là-bas, ou...

— C'est un peu différent qu'ici ; je suivrais beaucoup de cours liés à la magie. Un peu comme toi et Devlin avec vos cours de Marche Temporelle et de Saut de Portail... Tom laissa la phrase en suspens, espérant que Lola verrait le parallèle entre leurs situations.

— Mais tu obtiendrais quand même un diplôme universitaire, n'est-ce pas ? demanda-t-elle, déterminée à obtenir sa réponse.

— Oui, bien sûr, mais je n'aurai pas autant de cours d'Études Globales, admit-il.

— Ta spécialité... Lola se tourna vers lui, l'inquiétude évidente dans ses yeux.

— Ça n'a pas vraiment d'importance. Tom traça une vieille tache sur la table avec un doigt. Je ne peux pas y être de toute façon.

— Pourquoi pas ? Devlin sembla mettre de côté son air de quelqu'un qui mange un citron et devint vraiment intéressé.

— Je ne peux pas participer à cette stupide sortie. Tom ressentit à nouveau la frustration de cette déception.

— Pourquoi pas ? Devlin semblait offensé comme si tout cela lui arrivait à lui, pas à Tom.

— Parce que ce n'est pas sûr, répondit Lola à la place de Tom. Un professeur seul ne pourrait pas le protéger.

— Je n'ai pas besoin de protection, grommela Tom avant de pouvoir s'arrêter. Je veux dire... ses lèvres s'étirèrent en un sourire, je pourrais toujours lui lancer un rocher si nécessaire.

— Non, Devlin secoua la tête, je ne réfléchissais pas. Lola a raison. Ce n'est pas sûr. Je suis désolé, je sais que tu attendais cela depuis longtemps, mais être dans le monde quand un sorcier puissant et mentalement instable comme Le Maître te traque ? Non. Il sembla se recroqueviller comme si la simple pensée le terrifiait.

— Je ne peux pas fuir et me cacher pour le reste de ma vie.

— Bien sûr que non. Personne ne dit ça. Lola posa sa main sur le bras de Tom. Elle était chaude et réconfortante. Pour une raison quelconque, il voulait la repousser, mais il resta immobile. Il aurait fait presque n'importe quoi pour qu'elle le touche comme ça, et maintenant qu'elle le faisait, il voulait la rejeter. Il tira sur la chevalière et la tourna pour l'aider à se concentrer. Personne ne dit pour la vie, Tom, juste pour... maintenant. Juste pour un petit moment jusqu'à ce que les choses soient...

Tom secoua la tête. — Quoi ? Différentes ? Meilleures ? Rien ne va changer à moins que quelqu'un ne change les choses, et je ne vois personne d'autre...

— Tu ne le vois peut-être pas, mais cela ne signifie pas que ce n'est pas en train de se produire, répliqua Devlin. Le Directeur Lianon est...

— Effrayé. Tom s'adossa, lâchant la bague. Cela servit également à écarter la main de Lola. Il est effrayé. Il me l'a dit lui-même.

— Ce qui veut dire qu'il est sain d'esprit ! protesta Lola.

— Malgré tous ses discours sur la magie elfique plus puissante que la magie humaine ? Si c'était vrai, pourquoi devrait-il avoir peur d'un simple humain comme Le Maître ?

— Es-tu sûr qu'il *est* humain ? demanda Devlin.

Tom se tut brusquement. Il n'avait vu que le bas du visage de l'homme, et même cela était dans l'ombre. Le Maître pourrait ne pas être humain ? C'était quelque chose qu'il n'avait même pas envisagé auparavant. Un Elfe ? Pourrait-il être un Elfe maléfique ? Non, il n'en avait pas la taille. Mais il existait d'autres types de créatures. Cela expliquerait certainement beaucoup de choses. Peut-être que le Directeur était de connivence avec lui ? Une sorte d'alliance entre espèces non humaines ?

Cette pensée semblait indigne. D'un autre côté, peut-être voulait-il simplement tout dissimuler, ne pas avoir à faire face à l'embarras d'une créature magique devenue maléfique.

— Je n'y avais pas pensé, chuchota Tom. Devlin gratifia Lola d'un regard satisfait comme s'il avait résolu une énigme insoluble. Cela signifie-t-il que je peux faire confiance au Directeur ?

Lola fit un double-take. — Quoi ? D'où ça sort ?

— Eh bien, Tom découvrit que son pouce était maintenant sur la bague, appuyant dessus. Réfléchis. Supposons que Le Maître ne soit pas humain. Mais il est tout-puissant, n'est-ce pas ?

— Et alors ?

— Alors... peut-être que c'est pour ça que Lianon ne fait rien à ce sujet. Peut-être qu'il ne veut tout simplement pas s'opposer à un non-humain.

— Tom, c'est ridicule, se moqua Lola. Devlin avait l'air de quelqu'un à qui on aurait suggéré que les poissons feraient de bons meubles.

— Non, écoutez-moi. Je veux dire, et si, juste hypothétiquement, mais et si ce n'était *pas seulement* Le Maître qui est contrarié par tout ça ? Et si c'était tous les êtres magiques ? Je veux dire, si les humains, il se désigna comme exemple, ont la Magie de sang, alors les Hauts Elfes ne seraient plus au sommet de la chaîne alimentaire magique. Il se pencha en avant, s'impliquant dans sa propre théorie, ignorant la partie plus raisonnable de lui-même qui lui disait qu'il délirait complètement. Est-ce que ça perturberait l'équilibre ? Je veux dire, nous sommes humains. Nous sommes habitués à ce qu'on nous répète sans cesse que les Hauts Elfes sont nos supérieurs en toutes choses magiques. Qu'en est-il des autres races ? Que se passe-t-il s'il y a un Mage de Sang ? Et s'il y en avait plus d'un ? Si j'ai un enfant un jour ? Serait-il aussi une menace ? Peut-être que personne ne veut vraiment que les humains aient de la magie.

— TOM ! s'écria Lola. Écoute-toi. Tu dis des absurdités paranoïaques. Pire, tu sonnes un peu raciste.

Tom lui lança un regard vide. — Raciste ?

— Plutôt spéciste, tempéra Devlin, raciste conter d'autres espèces. Il eut du mal à prononcer ce mot peu familier. Mais après tout ça, tu sais qu'on ne peut pas mettre tous les êtres magiques dans le même sac pas plus qu'on ne peut le faire avec tous les humains. J'ose dire que tu as rencontré plus d'un humain qui était... eh bien, maléfique. Cela s'applique à toutes les races magiques.

Une image de Jameson surgit dans l'esprit de Tom. — Ouais. Tom essaya de forcer un rire. Je veux dire, je le disais juste pour m'amuser. Tu sais, « et si », comme je l'ai dit.

Lola n'était manifestement pas convaincue. — Ce n'est pas quelque chose qui te serait jamais venu à l'esprit avant, Tom. Qu'est-ce qui se passe avec toi ?

— Rien. Tom aboya et leva une main, pour l'arrêter, pour se stabiliser... rien ne fonctionna. Il se sentait étrange. Étourdi. Je suis désolé. Tu as raison, je suis à cran. Je suis vraiment désolé. C'est toute cette histoire de se cacher et de fuir. Et chaque soir, je dois rentrer à la maison et entendre ma mère se plaindre de devoir rester dans un appartement de luxe ou un autre et à quel point c'est terrible de devoir rester à la maison toute la journée à regarder la télévision et à manger... eh bien, je ne sais pas ce qu'elle mange, mais elle n'a aucune raison de se plaindre.

— Toi et ta famille avez... des problèmes ? demanda doucement Lola.

— Non. Tom secoua la tête. Non, c'est juste un peu de folie par l'enfermement. Je pense que nous commençons juste à nous taper sur les nerfs. Il balaya cela d'un geste. Honnêtement, ce qui me dérange vraiment, c'est que je comprends pourquoi elle est frustrée. Je le suis aussi, mais quand elle est contrariée, je sais que c'est de ma faute et je me sens... coupable, je suppose.

— Ce n'est pas ta faute, objecta Devlin.

— Tu n'as rien fait pour mériter ça, ajouta Lola, tu n'as pas demandé à être traqué par un Sorcier dérangé.

— « Dérangé » ? Devlin haussa un sourcil. Comment sais-tu qu'il est fou ?

— Parce qu'il traque un enfant, dit Lola d'un ton très dissuasif. Devlin semblait vouloir contester ce point, mais il se calma. Il l'argumentait probablement quand même. Télépathiquement. Une conversation de plus à laquelle Tom n'avait pas accès.

— Quoi qu'il en soit, dit Tom aussi contrit qu'il le pouvait, je *suis* désolé. Je sais que je n'ai été... moi-même ces derniers temps. Et d'ailleurs, tu avais peut-être raison de me traiter d'idiot. Il vit l'air confus sur son visage, bien que Devlin fixait délibérément une image lointaine. La dernière fois qu'on s'est vus, tu m'as traité d'idiot, expliqua-t-il.

Lola rougit. C'était plutôt mignon. — Je n'aurais pas dû te traiter d'idiot.

— Si, tu aurais dû. Je l'étais. Je le *suis*. Je ne peux pas rester passif et attendre que d'autres mènent mes batailles à ma place. Je sais... il coupa sa réplique, je sais, je ne suis pas prêt à l'affronter. Je ne serai peut-être pas prêt avant longtemps, je comprends ça. Mais je dois commencer. Je dois faire *quelque chose* pour...

— ...pour continuer à avancer ? demanda Devlin. Tom réfléchit un moment, certain qu'il y avait un piège quelque part là-dedans, mais incapable de le voir.

— Je suppose que oui. Tom força un sourire. Au moins, j'aurais l'impression d'essayer. C'est la passivité qui me tue.

— Alors, qu'est-ce que tu vas faire ? demanda Lola avec hésitation. Presque avec crainte.

Tom prit une profonde inspiration. — Je vais être transféré. Je vais apprendre à utiliser ce qui m'a été donné.

— Alors... qu'est-ce que cela signifie... pour nous ?

Tom jeta un coup d'œil à Devlin, comme pour dire : « Tu voulais qu'on parle. Alors pars pour que je puisse le faire ! »

— Si vous voulez bien m'excuser. Devlin se leva et rassembla ses affaires. Je dois me préparer pour un quiz en latin. Il lança à Tom un autre de ces regards ambigus qui était probablement censé être significatif et fit un signe de tête à Lola. Il s'éloigna en direction de la bibliothèque, mais Tom le vit s'arrêter à l'ombre du bâtiment, assez loin pour ne pas entendre, mais assez près pour voir.

Il lui vint à l'esprit que Devlin surveillait au cas où on aurait besoin de lui. Non qu'il en ait besoin. Lola pouvait l'appeler mentalement en un instant. Il voulait juste rester proche pour pouvoir arriver plus vite si nécessaire. La question était, Devlin pensait-il que Tom aurait besoin de lui ? Ou Lola ? Ses paroles sur l'attention à lui accorder résonnaient aux oreilles de Tom. Que disait-il vraiment ? L'une de leurs conversations « privées » concernait-elle le fait qu'elle reconsidérait être la petite amie de Tom ? Devlin essayait-il de le prévenir, pour que Tom puisse être laissé tranquillement ?

Si c'était le cas, ne devrait-il pas essayer encore plus fort de s'assurer que cela n'arrive pas ?

Il secoua la tête, essayant de se concentrer sur ce qu'il devait dire ici, maintenant, pour arranger les choses entre eux. — Pouvons-nous... Tom déglutit et réessaya. Pouvons-nous nous retrouver après le dîner ?

— Juste nous deux ? demanda-t-elle, fronçant légèrement les sourcils.

— Ouais. Tom haussa les épaules. Mais pas pour parler de tout ça. Juste pour être ensemble. J'ai l'impression que nous n'avons pas été seuls depuis un moment.

Quand ils avaient commencé à sortir ensemble, ils avaient convenu d'y aller doucement. Ils s'étaient rencontrés pendant le programme d'été, la première expérience de Lola à L'Académie. Elle avait été occupée à essayer de rattraper son retard et à accepter l'existence d'un frère qu'elle ne connaissait pas, de nouvelles capacités magiques, et beaucoup de drames familiaux.

Ce n'est que lorsque le semestre d'automne a commencé qu'ils ont pu passer du temps ensemble. La plupart du temps, ils avaient passé leur temps à condenser une année entière de lycée en un seul semestre. Ils volaient donc des moments ici et là pendant la semaine. Les week-ends, Lola et Devlin rentraient chez eux pour être avec leur tante, tandis que Tom restait en arrière.

Tom pensait qu'il aurait enfin sa chance pendant les vacances d'hiver, mais Lola a dû s'occuper du mariage de sa tante, et il a dû jouer au chauffeur pour sa mère. Quand le semestre d'hiver est arrivé, il avait prévu de faire évoluer lentement leur relation vers l'étape suivante, quelle qu'elle soit, mais cela a été interrompu quand toute l'affaire de Magie de sang a éclaté.

Il se rapprocha et prit les mains de Lola. L'étincelle familière était toujours là. Il la vit se détendre et elle sourit.

— Quand je changerai d'école, j'aurai le droit d'aller et venir comme je veux les week-ends. On pourrait sortir pour un vrai rendez-vous. Mais pour l'instant, je me contenterais d'une promenade au clair de lune avec ma merveilleuse petite amie, dit-il, un sourire timide sur son visage alors qu'il l'embrassait sur la joue.

— Je ne peux jamais dire non à une promenade, dit-elle en déposant un léger baiser sur ses lèvres. Quant au rendez-vous, n'es-tu pas censé te cacher ? demanda-t-elle.

— Je pourrais venir chez toi, ou tu pourrais venir à l'appartement de Londres. On pourrait commander à emporter, regarder un film. Rien de fantaisiste, pour l'instant, dit-il, une expression pleine d'espoir sur son visage.

Lola éclata de rire. — Ça a l'air génial, Tom. Et en restant à la maison, nous aurons la sécurité supplémentaire d'avoir des parents à proximité, juste au cas où.

Tom lui fit un sourire radieux. Il n'était pas ravi d'avoir un public, mais ils devaient bien commencer quelque part. Le domaine de Lola était immense, et il était sûr qu'ils pourraient trouver un endroit sûr pour être seuls. En plus, il faisait beaucoup plus chaud en Virginie à cette période de l'année qu'au Royaume-Uni.

Il l'attira dans une étreinte serrée et elle l'entoura de ses bras. Ils se tinrent l'un contre l'autre pendant un moment, et il reposa son menton sur le haut de sa tête. Il respira son parfum, captant une légère odeur de poire et de vanille. Lola sentait toujours si bon.

— Je ne laisserais jamais rien t'arriver. Tu le sais, n'est-ce pas ? dit-il.

Elle desserra son étreinte et leva les yeux vers lui. — Je ne laisserais jamais rien de mal t'arriver non plus, dit-elle. Elle avait ce regard féroce dans les yeux. Celui qu'elle avait quand l'un des membres de sa famille était en danger ou si quelqu'un était impoli avec ses amis. Je sais que tu as l'impression que tout ça repose sur toi, mais nous sommes avec toi dans cette histoire. Moi, Devlin, et les autres. Nous sommes là pour toi.

Le vide que Tom ressentait s'atténua. Leurs autres amis étaient des Voyageurs et n'avaient aucune capacité magique. La magie de Lola et Devlin était défensive au mieux. Il était clair pour Tom qu'il affronterait Le Maître seul. Mais après les derniers jours, ça faisait du bien d'avoir quelqu'un de son côté.

— Merci, répondit-il simplement. Lola se hissa sur la pointe des pieds et l'embrassa sur le front. Tu paries.

Ils entendirent la cloche sonner et se dirigèrent vers l'école, main dans la main.

Tom se sentit se détendre, le nœud au creux de son estomac s'apaisant enfin. Peut-être qu'il n'avait pas à tout abandonner. Le monde n'était pas un endroit où il fallait choisir entre deux options. Distraitement, il fit tourner sa chevalière. Peut-être que ce ne serait pas une si mauvaise journée après tout.

CHAPITRE ONZE

Le lendemain, le Directeur convoqua Tom dans son bureau juste avant le déjeuner.

— J'ai parlé à ta mère, Tom. Bien qu'elle s'inquiète pour ta sécurité, elle a accepté qu'il était temps pour toi d'être transféré à l'Académie Harding. Ç'aurait été une transition plus nette pour toi de commencer juste après les vacances de printemps, mais nous ne sommes qu'à quelques jours dans le nouveau trimestre et il n'y a pas de meilleur moment que le présent. L'Elfe Supérieur fit un geste vers la fenêtre du Portail derrière lui.

— Maintenant ? Vous voulez que je sois transféré maintenant ? demanda Tom. Il aurait dû être fou de joie. C'était ce qu'il espérait. Mais à cet instant, il avait l'impression d'être rejeté. Nerveusement, il fit tourner l'anneau à cachet sur son pouce.

— Non, non. Rien de tel. Ta mère te rejoindra à treize heures trente dans le bureau de Mlle Clementime pour signer les papiers. Tu commenceras lundi.

— Mais qu'en est-il de mes amis ?

— Tu pourras leur dire au déjeuner, bien que je doute que ce soit une grande surprise. Je suis sûr que vous trouverez un moyen de rester en contact. Et puis, tu termineras quand même la semaine.

Tom hocha distraitement la tête en se levant de sa chaise. — Je peux t'envoyer par Portail, ou nous pouvons nous retrouver dans le Hall Principal après le déjeuner, dit Lianon en raccompagnant Tom à la porte.

— Je préfère arriver par Porte, si ça ne vous dérange pas, répondit Tom. Arriver par Porte attirait déjà l'attention sur lui. Il ne voulait pas qu'on le voie arriver par Portail avec le Directeur, ce serait trop la honte.

Après avoir fait ses adieux et embrassé Lola comme un soldat partant à la guerre, Tom alla dans sa chambre pour se changer et mettre ses vêtements de ville.

Le Directeur l'attendait dans le Hall quand il descendit à treize heures. Comme tous les élèves étaient en classe, ils étaient seuls.

— Reviens à mon bureau quand tu seras rentré. Nous avons d'autres choses à discuter, dit le Directeur tandis que Tom ouvrait une Porte vers l'Académie Harding.

C'était encore l'heure du déjeuner quand Tom arriva à l'Académie Harding, et il se dirigea vers la cafétéria. En chemin, il entendit Benny l'appeler.

— Salut Benny.

— Tom ! Benny rattrapa Tom et ils marchèrent ensemble un moment. — Ils réparent la cabane du jardinier.

Tom s'arrêta net. — Est-ce qu'ils savent ?

— Que tu as tiré un canon magique à bout portant sur le côté du bâtiment ? Benny sourit. — Nan. Par contre, j'ai appris que... euh... l'intégrité du bâtiment a été compromise.

— Qu'est-ce que ça veut dire ?

— Ça veut dire que la petite-pierre-qui-pouvait a failli faire tomber tout le bâtiment. Apparemment, les dégâts étaient pires qu'on ne le pensait. Ça a affaibli les murs, et toute la structure était sur le point de s'écrouler. Il sourit comme si c'était une bonne blague, puis redevint sérieux. — Aussi, juste pour que tu saches. J'ai entendu dire que le jardinier va parfois dans la cabane pour fumer en cachette. S'il avait été là quand c'est arrivé...

— Oui, mais... Tom ressentit une vague de peur, imaginant cette pierre traverser une personne innocente parce qu'il n'avait pas pensé à vérifier que la cabane était vide. — S'il y avait eu quelqu'un, il m'aurait entendu lancer cette première pierre, nous aurait entendus parler. Il aurait dit quelque chose.

Tom avait besoin de croire cela. Une sensation de malaise s'installa au creux de son estomac.

— Je suppose. Benny haussa les épaules. — L'essentiel, c'est qu'il n'y avait personne, et la prochaine fois que nous te ferons démolir un bâtiment, nous vérifierons un peu plus attentivement. D'ailleurs, qui aurait cru que tu pouvais même faire...

— TOM ! Zaina accourut vers eux. — Qu'est-ce que tu fais ici en plein milieu de la journée un mercredi ?

— Ouais. Benny leva les yeux et fronça les sourcils. — C'est en fait une bonne question. Tu sèches les cours ?

— Non... Tom remplit ses poumons d'air frais. L'air de Harding. — Non, je suis transféré.

— Ici ? Zaina poussa un cri aigu. — Vraiment ? Oh, c'est trop cool ! J'ai Mandy dans mon prochain cours, je sais qu'elle sera ravie aussi. Oh Tom, c'est merveilleux ! Zaina était du genre à garder son calme habituellement.

Son enthousiasme était contagieux, et Tom se surprit à sourire. Alors qu'il se sentait perdu, effrayé et désespéré un instant auparavant, il se sentait maintenant formidable. En repensant à certains de ses éclats, cela lui semblait irréel, comme s'il pensait à quelqu'un d'autre, quelqu'un qui n'était... eh bien, pas Tom. Il était content d'avoir fait la paix avec tout le monde à L'Académie, y compris le Directeur, avant de partir. Tous s'accordaient à dire qu'il avait été soumis à beaucoup de stress et qu'il était normal qu'il se sente frustré.

— Je suis content que tu sois heureuse. Tom sourit. Il n'avait pas remarqué les yeux de Zaina auparavant, pas vraiment. Les yeux bleus de Lola changeaient de couleur selon son humeur, mais devenaient rarement orageux. Les yeux de Zaina étaient presque noirs, avec d'intenses paillettes vertes. Elle avait l'habitude de fixer intensément les gens, ce qui était déconcertant.

Les filles étaient comme le jour et la nuit : là où Lola était prudente, Zaina était impétueuse. Lola était gentille et sincère tandis que Zaina était sauvage, audacieuse et souvent acerbe. Lola se déplaçait avec une grâce silencieuse, presque royale. Zaina, elle, rôdait ; indifférente à ceux qui l'entouraient, concentrée sur sa destination.

Un gars pourrait difficilement avoir une meilleure amie que Zaina.

Et la voilà qui souriait d'une oreille à l'autre parce que Tom était transféré dans son école. Cela faisait sentir Tom merveilleux et fier, comme s'il était sur le point de découvrir quelque chose de totalement nouveau.

Benny avait dû saisir quelque chose car il éclata de rire.

— Qu'est-ce qui te fait rire ? demanda Zaina.

— Rien. Benny s'arrêta et tendit la main à Tom. — Bienvenue à Harding, dit-il tandis que Tom prenait sa main et la serrait.

— Merci. Tom sourit.

— Juste... laisse un ou deux bâtiments debout, tu veux bien ? Benny lui donna une tape sur l'épaule. Tom pensait qu'il rougissait peut-être. Ses joues étaient chaudes, et il ne pouvait s'empêcher de sourire.

— Tu lui as dit ? demanda Zaina. — À propos du bâtiment qui a failli s'écrouler ?

— Je lui ai dit.

— Tu imagines ? dit Zaina avec un mélange d'admiration et d'espièglerie. — Tu as presque détruit un bâtiment centenaire en briques avec une pierre.

— Et la pierre n'a pas une égratignure, d'ailleurs, ajouta Benny avec ironie.

Tom chercha une réponse mais ne trouva rien à dire. Zaina rompit le silence, confirmant la crainte de Tom.

— Est-ce qu'il *rougit* ? le taquina-t-elle, échangeant un regard amusé avec Benny.

— Le Mage de Sang le plus puissant du monde rougit ? Benny, de toute évidence, s'amusait beaucoup trop.

— Je suis le *seul* Mage de Sang au monde, lui rappela Tom.

— ...et tu *rougis* définitivement, le taquina Benny. — Je ne savais pas que la démolition pouvait être embarrassante.

— D'accord, d'accord. Tom rit. C'était bon de parler à nouveau de choses stupides, bon d'être parmi des amis qui n'insistaient pas pour lui dire quoi faire ou comment vivre. — Quoi qu'il en soit, je dois rencontrer ma mère chez Mlle Clementine à treize heures trente pour faire quelques formalités et obtenir mon emploi du temps.

— Quelle sera ta spécialité ? Zaina regarda par-dessus son épaule comme si elle attendait quelqu'un. Il vint à l'esprit de Tom qu'ils allaient tous les deux être en retard en cours pour pouvoir lui parler.

— L'ingénierie structurelle, bien sûr. Benny rit et attrapa le bras de Tom. — Sérieusement, je suis content que tu viennes ici. Je dois y aller. Le professeur Greene devient grincheux si on est en retard.

— Oh, je m'en souviens ! compatit Zaina. — Tu ferais mieux de courir.

Benny commença à courir de côté : — Quand commences-tu ? cria-t-il par-dessus son épaule.

— Lundi ! Tom lui fit signe de la main, mais Benny était déjà parti en courant.

— Tu n'as pas cours aussi ? Tom s'inquiéta soudain pour Zaina. Il ne voulait pas qu'elle ait des ennuis avant même qu'il ne commence.

— Oui... Zaina rebondit sur ses talons et se lécha les lèvres. Elle avait l'air de vouloir dire quelque chose, mais le temps lui manquait. Elle se pencha et embrassa Tom sur la joue. — Bienvenue à Harding. Et sur ce, elle était partie, traversant le campus en courant comme si elle faisait un sprint de cinquante mètres.

Tom resta là, agréablement surpris. Une main sur l'endroit où ses lèvres avaient caressé sa joue. Il n'était pas sûr de ce qu'il ressentait à l'idée d'être embrassé par quelqu'un d'autre que Lola. D'un côté, c'était plutôt sympa. De l'autre... il avait toujours un rendez-vous avec Lola samedi soir.

C'est un accueil amical. Elle est juste heureuse que je sois là, se dit-il fermement.

Bientôt, il se retrouva seul dans le campus, tous les étudiants ayant rejoint leurs classes. Il se surprit à sourire comme un idiot. — C'est une bonne journée, dit-il à l'air. L'air de Harding.

C'était vraiment un plutôt *bel* accueil.

Il marcha vers le bâtiment administratif, faisant lentement tourner l'anneau à cachet.

CHAPITRE DOUZE

Un feu douillet crépitait dans un coin du bureau de Lianon. Un valet de pied entra dans la pièce par l'arrière pendant que Tom restait là, perplexe. Il déposa un service à thé sur la table placée entre deux fauteuils bergères.

Ce n'était pas la première fois qu'il pensait que cette pièce ressemblait presque à un salon de gentlemen des années 1800, comme dans l'une de ces séries d'époque de la BBC que sa sœur aimait regarder. Tom s'agita dans son uniforme scolaire. Ne devrait-il pas porter une queue-de-pie et faire tournoyer nonchalamment une boisson dans un verre surdimensionné ? Tenir un cigare ? Peut-être plier un journal ? Bien sûr, personne ne lisait plus de journaux aujourd'hui. Il s'autorisa un moment d'amusement en imaginant plier une tablette à la place.

— Tom ! s'exclama le directeur Lianon en entrant d'un pas léger, ses robes ondulant derrière lui. Il souriait, semblant sincèrement ravi de voir Tom.

— Je vous en prie. Asseyez-vous. Il balaya l'air d'un geste vers les fauteuils et attendit que Tom prenne place avant de choisir l'autre. Bien sûr, ce n'était qu'une simple formalité. Ils avaient joué cette scène suffisamment souvent pour que Tom sache quel fauteuil le Professeur préférait.

Lianon soupira comme si soulager ses pieds était un véritable soulagement. Quelle que soit l'espèce, tout le monde soupirait quand on était fatigué ou profondément confortable. Cela soulignait que le Directeur était âgé, quelque chose que Tom savait déjà, mais auquel il n'avait jamais vraiment réfléchi. Pas étonnant qu'il soit si prudent. La prudence était quelque chose qui venait avec l'âge, après tout.

Lianon se tourna vers le service à thé et souleva la théière.

— Puis-je vous servir ?

— Euh... bien sûr. Tom était un peu confus. Soudainement, il était traité comme si rien n'avait changé ? Comme s'il s'agissait d'un simple goûter avec le Directeur ? Il essaya de comprendre ce qui avait changé, ce qui se passait. Il accepta la tasse et la soucoupe avec grâce, mais restait sur ses gardes. C'était comme attendre que l'autre chaussure tombe.

Lianon prit une gorgée et sourit.

— Ah. Tarte aux pêches ! L'homme aimait vraiment ses thés aromatisés. Tom but une gorgée et fit les bruits d'appréciation attendus. Le thé *était* bon. Il s'adossa dans son fauteuil.

— Eh bien, commença Lianon en prenant une profonde inspiration avant de continuer avec l'air d'un homme qui devait dire quelque chose qu'il ne voulait pas dire. Tous les papiers sont prêts. Vous partez pour Harding.

— Merci, Monsieur. Tom n'était pas certain de ce pourquoi il le remerciait, mais cela semblait approprié. Merci d'avoir approuvé mon transfert.

— Je pouvais voir combien cela pesait sur vous. J'ai dû régler les détails avec Harding, ils avaient besoin d'améliorer leur sécurité, mais tout est prêt maintenant. Tom reprit sa tasse. — J'ose dire que vous nous manquerez, dit le Directeur en prenant une gorgée de thé.

Alors vous auriez dû m'enseigner. Tom s'éclaircit la gorge. D'où venait cette pensée ? Il avait passé deux jours entiers à se sentir comme avant, et soudain maintenant ? Alors que le Directeur faisait tant d'efforts ?

— Merci, Monsieur, fut tout ce que Tom put articuler.

Lianon l'étudia du coin de l'œil pendant un moment et se contenta de grogner. Tom se demanda si le Directeur pouvait lire dans ses pensées. Il s'était habitué à l'idée que ses pensées étaient fermées au Haut Elfe. Peut-être y avait-il quelque chose dans sa voix qui le faisait paraître ingrat ?

Ou ses pensées étaient-elles à nouveau claires pour le Directeur ? Tom n'était pas sûr de ce qu'il en pensait.

— Honnêtement, Monsieur. Je suis reconnaissant pour tous vos efforts. Vraiment. Les restrictions m'ont rendu irritable et... désagréable à certaines occasions, et j'en suis désolé. *Bien que fuir et se cacher n'était pas exactement* ma *décision, n'est-ce pas* ? Mais je pense que Harding sera bénéfique.

Lianon hocha la tête mais ne dit rien. Il se redressa dans son fauteuil et contempla le feu en sirotant son thé.

— Même si vous aurez un enseignement personnalisé, vous devez vous rappeler que la Magie de sang n'a pas été vue depuis longtemps. Il n'y a personne qui puisse vous dire en détail comment contrôler ce pouvoir ou ce qu'il peut faire exactement. Vous et vos instructeurs apprendrez ensemble, j'en ai peur.

Tom n'avait pas faim, mais il aurait aimé qu'il y ait des collations sur le plateau. Cela aurait rendu la conversation moins gênante.

— Je sais. Mais je l'ai, et... j'ai besoin d'apprendre à l'utiliser.

— Comment *ne pas* l'utiliser, corrigea Lianon. Ne me comprenez pas mal, poursuivit-il alors que Tom s'apprêtait à réagir, apprendre à contrôler un pouvoir comme le vôtre est d'une importance capitale. Mais une partie du contrôle consiste à *ne pas* utiliser votre pouvoir jusqu'à ce que vous *choisissiez* de le faire et à ne pas permettre au pouvoir de décider quand et où il sera utilisé. Le pouvoir... tout pouvoir, est irréfléchi et erratique. Apprendre l'art de *ne pas* l'utiliser vous donne le contrôle.

Tom lutta pour comprendre ce raisonnement.

— Donc, je suis censé faire comme si je n'avais pas la Magie de sang ?

— Oh, non. Bien au contraire. Pensez-y comme à une émotion. Si vous réprimez vos sentiments, si vous les enfouissez, vous risquez d'exploser de colère pour quelque chose de trivial. En fait, toute la colère réprimée sort d'un coup, alors vous pourriez hurler pour quelque chose d'aussi simple qu'un appel téléphonique frustrant. Dans votre cas, cependant, le « hurlement » pourrait avoir des conséquences très graves.

Tom détacha son regard du feu et regarda Lianon.

— Monsieur, je ne suis pas sûr de bien comprendre ce que vous dites. On dirait que vous essayez de me dire quelque chose sans vraiment le dire.

— Non. Lianon posa sa tasse à côté de celle de Tom. Du moins, pas à ma connaissance. Parfois, en vieillissant, on constate que ses paroles sont prises pour une grande sagesse alors qu'on ne parle en réalité que de la météo. Ce que je *suis* en train de dire, c'est que si vous commencez à apprendre, à... expérimenter... alors ceci devrait être votre première étape pour maîtriser ce pouvoir.

Tom sentit la chaleur lui monter aux joues. Lianon l'avait déjà surpris à expérimenter auparavant. Il semblait savoir, ou deviner, que Tom avait continué à essayer. Savait-il pour la remise du jardin ? Non. Ce n'était pas possible. Si Lianon savait que Tom avait fait passer une pierre à travers un bâtiment en briques, cette réunion ne serait pas aussi cordiale qu'elle l'était en ce moment. Il serait en train de se faire sermonner pour avoir agi de façon impulsive ou quelque chose du genre. Et probablement, il en aurait parlé à Mademoiselle Clementine et la question aurait été discutée avec sa mère plus tôt dans la journée.

— Je garderai... cela à l'esprit, Monsieur. Mais puis-je demander, comment le fait de *ne pas* utiliser le pouvoir m'aidera-t-il si je devais être attaqué à nouveau ?

Lianon eut un petit rire.

— Tom, vous êtes bien plus que la Magie de sang, et il y a plus dans un combat que la force brute. Gagner un combat ne consiste pas toujours à surpasser votre adversaire. Vous devez simplement utiliser *toutes* les compétences que vous avez.

— Je suis plutôt bon au tennis, dit Tom d'un ton neutre. Vous suggérez que je défie Le Maître à une partie ?

Lianon sourit.

— Ça, j'aimerais bien le voir. Ces robes s'agitant dans tous les sens pendant qu'il essaie d'attraper la balle. Non, Tom, et ne soyez pas déli-bérément provocateur. Ce que je veux dire, c'est qu'avant tout, vous êtes un Voyageur. Vous avez terminé tous les niveaux de nos cours de Magie et d'Incantation. Pourtant, de votre propre aveu, vous n'avez ni utilisé votre Clé pour fuir, ni pour vous battre lorsque vous avez été confronté au Maître.

Tom ouvrit la bouche pour parler, mais rien n'en sortit. Le Direc-teur plongea la main dans une poche et en sortit un petit manuel que Tom reconnut instantanément. C'était le Manuel du Voyageur. Il tendit le livre et Tom le prit.

Combien de temps s'était écoulé depuis qu'il l'avait feuilleté ? Lui et ses amis suivaient les règles et utilisaient une poignée de sorts utiles comme celui pour appeler une flamme ou un verre d'eau. Ou pour créer une fenêtre dans sa Porte afin de s'assurer que la voie était libre avant de l'ouvrir. Mais le reste ? Pas tellement.

Tom ouvrit le Manuel à une page au hasard. C'était l'incantation pour se rendre invisible pendant 15 secondes. *Ça* aurait été utile, s'il s'en était souvenu.

Lianon l'observait avec une expression indéchiffrable.

— Donc, vous dites qu'avant d'apprendre de nouvelles choses, je devrais maîtriser ce que j'ai déjà appris ?

— Oui. Comme la plupart des Voyageurs, vous avez pris votre Clé pour acquise. Vous l'utilisez comme un moyen rapide pour aller du point A au point B. Mais il y a tellement plus dans le Voyage et j'ai pensé qu'il était grand temps que vous vous en souveniez. Surtout puisque vous avez choisi les Études Mondiales comme spécialité.

Tom était stupéfait. Le Directeur avait absolument raison. Quand Tom avait choisi les Études Mondiales, il voulait améliorer le Réseau de Voyage et responsabiliser les gens. Il avait oublié de se tenir lui-même responsable.

— Vous avez raison, Monsieur, dit-il. Je me plains que personne ne veuille m'enseigner alors que je sais déjà beaucoup de choses ; ou du moins je savais.

Il agita le Manuel.

— Je vais mémoriser toutes les incantations.

Lianon rit.

— J'oublie à quel point vous pouvez être littéral. Oui, Tom. Rafraîchissez votre mémoire. Et quand vous arriverez à Harding, apprenez les compétences qu'ils ont à vous enseigner. Tout cela vous sera utile. Mais surtout, continuez à travailler sur la maîtrise de vos émotions. De cette façon, vous aurez accès à toutes vos compétences en cas de crise et votre premier réflexe ne sera pas la Magie de sang. Cette compétence particulière devrait être utilisée avec parcimonie, et jamais sous le coup de la colère.

Tom baissa le menton vers sa poitrine. Bien que le Directeur ait raison, Tom se sentait réprimandé. Il avait été effrayé et en colère quand il avait lutté contre le Sorcier. C'est ce que Lianon voulait dire. Tom baissa les yeux vers le Manuel, réalisant une fois de plus comment n'importe lequel de ces sorts aurait pu le tirer d'affaire et éviter tout ça.

Tom n'aimait pas ce sentiment de culpabilité qui remontait du creux de son estomac. La colère serait préférable, et il sentit le changement subtil tandis qu'il se hérissait et se levait.

— Ce sera tout, Monsieur ? demanda Tom sèchement.

Lianon se leva aussi, mais il avait l'air triste, presque vaincu. Lianon tendit la main.

— Pour l'instant, en tout cas, Tom. Ça devra suffire pour le moment.

Tom prit sa main avec prudence, bien qu'il n'aurait su dire ce qu'il s'attendait à voir arriver. Il serra la main du Directeur et un regret doux-amer s'épanouit dans son cœur. Malgré tout, Lianon avait été son Directeur pendant un certain temps et avait été dans le camp de Tom, pour ainsi dire. Il avait été une sorte de figure paternelle. Le quitter maintenant, et avec du ressentiment, ne semblait pas juste. Il essaya de penser à quelque chose à dire qui pourrait soulager le moment, mais il ne put rien trouver. Finalement, il laissa retomber sa main et sortit du bureau du Directeur probablement pour la dernière fois.

Il ne se retourna pas.

CHAPITRE TREIZE

— Je suppose... Devlin évitait de regarder Tom dans les yeux. — Je ne comprends pas. Oui, tu vas me manquer, mais ce n'est pas comme si tu allais mourir. Tu vas juste dans une autre école. Je te verrai quand tu viendras chez nous pour voir Lola, et nous y étudierons nous-mêmes pendant l'été.

— Bien sûr. Tom était encore sur les nerfs après l'« entretien de sortie » qu'il avait eu avec le Directeur. Maintenant, Devlin agissait bizarrement et lui tirer les vers du nez relevait du parcours du combattant. — Alors... Il tendit les mains comme s'il attendait que Devlin lui donne quelque chose, au moins un indice sur pourquoi il ne semblait pas penser que c'était une bonne idée.

— C'est juste que... tu apportes des solutions permanentes à des problèmes temporaires.

— Qu'est-ce que tu veux dire ? Tom sentit sa peau picoter, comme lorsqu'il était en colère. Il réprima cette sensation. *Je peux me mettre en colère sans utiliser mon pouvoir. Je sais déjà comment NE PAS l'utiliser. De plus, c'est ce que je voulais, non ? Une explication. Le fait que je ne sois pas d'accord avec son raisonnement ne signifie pas que je doive m'énerver pour autant.*

— Eh bien... Devlin semblait malheureux. Il avait aussi l'air un peu... nerveux ? — Tu fais des changements qui vont bouleverser ta vie. Ta spécialité, ton école, tes... amis. Tout ça à cause du Maître. Tu es en sécurité ici, ta famille est en sécurité. Il n'y a eu aucun signe de lui depuis ce jour-là. Pourtant, tu retournes toute ta vie. Peu importe le résultat, tu n'es plus le même, Tom.

— Être pourchassé par un super-vilain, ça change une personne. Tom faisait tout son possible pour ne pas cracher ces mots. Malgré tout, ils sont sortis plus tranchants qu'il ne le voulait.

— Mais c'est justement le point. Tu n'es pas pourchassé *ici*. Ni chez toi. Et visiblement, les adultes ne pensent pas que tu seras pourchassé à l'Académie Harding. Peut-être que le Maître a abandonné. Peut-être qu'il a déjà été neutralisé par les autorités compétentes. Dans tous les cas, c'est fini. Et après ? Tu reviendras à l'Académie ? Tu vas aussi tourner le dos à tes nouveaux amis ?

Tom soupira. Alors, c'était donc ça. Il était *jaloux*. Eh bien, ça changeait complètement la donne. — Je ne tourne le dos à personne, expliqua-t-il patiemment, se sentant un peu supérieur maintenant qu'il avait cerné Devlin. — Comme tu l'as dit, on se verra. Souvent. Je te le promets. Je vais seulement dans une école où je peux apprendre la chose la plus importante dont j'ai besoin. Je dois apprendre à contrôler ce que je suis. Qui je suis.

— Et qui est-ce ? Devlin le regarda avec des accusations dans les yeux. — Qui es-tu ? Parce que je ne te reconnais plus.

— Je suis toujours moi. Tom lâcha, fatigué de la tournure que prenait cette conversation. — Tout le monde joue à des jeux et marche sur des œufs comme si j'étais une sorte de bombe à retardement. Mais je suis toujours *simplement* moi ! Je n'ai pas le luxe d'attendre les bras croisés. Pourquoi personne ici ne comprend ça ? Oui, ma famille est en sécurité — *pour l'instant*. Tu n'étais pas là ! Tu n'as pas vu comment le Maître a fait sauter chaque protection comme une bulle de chewing-gum. Tu n'as pas vu la destruction, la façon désinvolte dont il a envoyé ses Sorciers au combat comme s'ils ne signifiaient rien pour lui. Il n'abandonne pas, ni à long terme, ni à court terme, ni à aucun autre terme.

Tom se frotta le visage. — Comment se fait-il que je puisse parler jusqu'à m'en casser la tête et que *personne* ne m'écoute ? Je le dis depuis la nuit du combat, et crois-moi, c'était bien un combat. Ce n'était pas un examen avec des crayons à papier et il n'y avait pas moyen de regarder la copie du voisin pour trouver la bonne réponse. Il ignora le clignement de surprise de Devlin. — J'ai *affronté* le Maître. Je lui ai tenu tête et *je* me suis échappé. Personne ne fait ça contre ce genre d'adversaire. Personne. Oui, je pars pour une autre école. Je ne change pas vraiment de spécialité, je la reporte juste. Mais je *refuse* de rester assis comme un lâche en priant pour que le grand méchant loup s'en aille.

Il recula, essayant de se calmer, mais c'était trop tard. — D'ailleurs, ma spécialité aurait également été retardée ici. La moitié de la note des Études Moyen-Orientales était basée sur le voyage auquel *je ne peux pas participer À CAUSE DE LUI !* Tom agita les bras de frustration.

— Ils te laisseraient rattraper ta note...

— En lisant des livres dépassés ? En *ne* vivant *pas* l'expérience qui est *tout l'intérêt du cours* ? Ouais, ce serait génial, hein ? Pendant ce temps, tous mes camarades de classe sont assis là à partager des souvenirs de l'expérience. Qu'est-ce que je vais apporter, hein ? Je peux leur raconter comment ma mère devient folle à tourner en rond dans notre appartement. Je peux leur dire à quel point j'en ai marre de manger des plats à emporter tous les week-ends ou d'entendre Tabitha se plaindre qu'elle ne peut pas voir ses amis. Il serra le poing contre la vague de colère qui montait en lui, mais il était impuissant à l'arrêter.

— Je sais que c'est dur...

— Non. Non, tu ne sais pas. Comment pourrais-tu le savoir ? Y a-t-il un puissant Sorcier à tes trousses aussi ? Te sens-tu coupable chaque fois que ta mère ou ta sœur soupire ? Comment peux-tu savoir ça ?

— Tu me manques, marmonna Devlin.

— Je t'ai déjà dit *deux fois*. Je reviendrai ! Son pouce trouva la chevalière.

Les yeux de Devlin étaient fixés sur sa main. — Non. Je veux dire. Devlin recula d'un pas. — Tu me manques maintenant. Le gars que tu étais avant le combat me manque. C'est vraiment *lui* qui me manque.

Tom sentit la colère le quitter. Qu'est-ce que Lianon avait dit à propos de la répression des émotions ? Il était encore irritable, mais le reproche tranquille de Devlin lui avait coupé l'herbe sous le pied. — Écoute, je suis désolé. C'est juste que je me frustre quand je continue d'expliquer le problème et que personne...

— ...n'est d'accord avec toi ? termina Devlin.

— ...n'écoute, dit Tom doucement. — Peut-être que c'est aussi quelque chose sur lequel je dois travailler. Dev, je dois faire ça.

Devlin hocha la tête. Il n'était pas content, mais il ne s'opposait plus. — Je sais.

Tom chercha un terrain neutre, autre chose que de s'excuser tout le temps. — J'ai un rendez-vous avec Lola samedi. Il essaya de regarder son ami dans les yeux. Devlin leva le regard et lui lança un regard.

— J'ai entendu. Lola était... excitée. Il dévisagea Tom un instant. — Je ne veux pas que Lola soit blessée.

— Nous avons décidé de rester chez toi, dit-il, espérant apaiser Devlin.

— Tom. Devlin recula d'un pas. Tom remarqua que ses poings étaient serrés. Est-ce que Devlin prévoyait de le frapper ? — Est-ce que tu as l'intention de rompre avec elle ? Parce que si tu l'embrouilles émotionnellement et que tu prévois de lui porter le coup fatal quand elle pense que tu organises une soirée vraiment spéciale...

Mon Dieu, il veut vraiment se battre avec moi.

— Ne sois pas stupide. Tom croisa les bras sur sa poitrine pour montrer à Devlin qu'il ne se battrait pas avec lui. — Je ne ferais jamais de mal à Lola comme ça. De plus, c'était *ton* idée !

— J'ai dit « fais attention à elle », pas de l'induire en erreur ou de lui donner de faux espoirs.

— Ce n'est pas comme ça.

— Alors c'est quoi, Tom ? Je ne te connais plus.

— JE L'AIME ! cria Tom. Ça devenait trop. Courir, se cacher, personne qui n'écoute. Tom écoutait. Il écoutait Devlin,et bien qu'il s'efforçât de suivre ses conseils pour agir au mieux, tout lui explosait à la figure. *Maintenant tu comprends enfin, Dev ? C'est ce avec quoi je dois vivre tout le temps.*

— Donc, nous revenons à la première question. Qui es-tu ? Parce que tu n'es pas le Tom que je connais. Devlin semblait peu convaincu.

— Tu vas interdire à Lola de sortir avec moi ?

— Tu sais que je ne peux pas. Devlin avait l'air de souhaiter le contraire. — D'ailleurs, j'ai déjà essayé.

— Dev, dit Tom raisonnablement, — Nous ne quittons même pas la propriété. Ce n'est pas comme si je l'emmenais quelque part où le Maître pourrait l'atteindre. C'est une dispute inutile. Non seulement tu seras là pour nous surveiller, mais Lola peut t'appeler télépathique-ment si elle a besoin de toi. Je n'ai pas l'intention de faire quoi que ce soit qui puisse lui faire mal. Au contraire, j'essaie de la rassurer que tout ira bien une fois que je serai parti.

Sauf que le baiser de Zaina sur sa joue y persistait encore. Il ne l'avait pas oublié.

— Je sais que Tom ne le ferait pas. Devlin acquiesça. — Mais *toi* ? Je ne sais pas.

— JE SUIS TOUJOURS MOI ! Tom ne se souciait plus d'attirer l'at-tention. Il avait déjà répondu à cette question plusieurs fois, non ? — JE. NE. LUI. FERAI. PAS. DE. MAL ! Il approcha son visage suffisamment près de celui de Devlin pour que si le frère de Lola voulait le frapper, il était facilement à sa portée.

Les poings de Devlin n'étaient plus serrés, mais quand il se détourna, il y avait du doute dans ses yeux et une expression résignée sur son visage.

CHAPITRE QUATORZE

Une fois ses leçons avec le Professeur Montague terminées pour la journée, Tom rentra à l'appartement londonien pour prendre quelques affaires dans sa chambre et voir sa mère. Ils avaient convenu qu'il resterait à Harding pour le week-end, afin de s'installer et de passer du temps avec ses nouveaux amis.

Il n'avait pas mentionné qu'il se rendait chez Lola au lieu de retourner à Harding, et elle n'avait pas posé de questions. Elle était occupée à organiser des sorties avec ses amis londoniens, enfin. Apparemment, bien que le Conseil des Êtres Magiques Terrestres n'ait pas encore appréhendé Le Maître, ils avaient identifié quelques-uns de ses sbires et étaient maintenant en train d'infiltrer ses rangs. Ils espéraient que cela fournirait des informations sur les plans du Maître et l'emplacement de son repaire.

Entre-temps, un garde du corps magique avait été assigné à Arabella. Tant qu'elle l'emmenait avec elle, elle était désormais libre de reprendre ses activités quotidiennes. Tabitha en avait également reçu un.

— Je n'y ai pas droit, moi ? demanda Tom, à moitié plaisantant.

— Tu es sous surveillance constante à l'école. Je pense que le personnel de Harding te gardera aussi en sécurité que tu l'étais à L'Académie, répondit-elle en ajoutant les touches finales à son maquillage.

— Je suis content pour toi et Tabitha, répliqua-t-il avant d'embrasser la joue de sa mère et de partir.

— Tom ? Elle se retourna et l'examina d'un coup d'œil. Pourquoi portes-tu une chemise habillée et du parfum ?

Zut ! Elle avait été tellement absorbée par elle-même que Tom pensait qu'elle n'avait rien remarqué.

— On s'habille pour le dîner à l'Académie Harding, mentit-il avec assurance.

— Je suppose que tu porteras la cravate de l'école ? demanda-t-elle en examinant son jean et ses baskets. Tom se regarda et répondit :

— Mon pantalon habillé, mes chaussures, ma cravate et ma robe sont à l'école.

Elle hocha la tête et dit simplement :

— Eh bien, amuse-toi bien. Appelle-moi mercredi pour me donner des nouvelles.

— Oui, maman, dit Tom avant de quitter la pièce.

Bien qu'il soit dix-sept heures au Royaume-Uni, c'était l'heure du déjeuner en Virginie. Il se sentait un peu ridicule d'être habillé pour un déjeuner, mais à situation désespérée, mesures désespérées.

Une fois dans la cour des Evers, il s'approcha de la porte d'entrée et sonna.

Quand la porte s'ouvrit, le sourire que Tom arborait vacilla. C'était Devlin.

— Tu as l'air élégant, dit-il en s'écartant pour laisser entrer Tom.

— Merci. Je voulais être bien habillé pour mon rendez-vous.

— Lola ! Tom est là ! hurla Devlin.

La personne qui sortit précipitamment de la cuisine n'était pas Lola. C'était Phyllis, leur tante, qui berçait un bébé dans ses bras.

— Bon sang, Devlin ! Tu sais très bien qu'on ne crie pas dans la maison, roucoula-t-elle avec son accent de belle du Sud tout en donnant une tape à Devlin. Va chercher ta sœur comme il faut.

— Oui, Phyllis, dit-il en s'inclinant à moitié avant de tourner les talons. Il garda un œil sur Tom tandis qu'il montait l'escalier en colimaçon.

— Entre, entre, Tom ! s'exclama Phyllis en tournant la joue pour recevoir son baiser obligatoire. Phyllis était comme la mère de Lola et Devlin, et c'était l'une des femmes les plus gentilles que Tom ait jamais rencontrées.

Alors qu'elle le conduisait au salon, elle présenta Lulu à Tom. Il gazouilla devant le bébé et s'enquit de son frère jumeau.

— Leo est avec son père dans le bureau, répondit-elle avant de lui proposer quelque chose à boire. Il demanda un ginger ale et s'installa sur l'un des canapés.

— Je suis sûre que Lola va descendre d'un instant à l'autre, dit Phyllis en vérifiant l'état de l'enfant endormi.

— Ils refusent de faire la sieste dans leurs lits et nous tiennent éveillés toute la nuit quand ils ne dorment pas assez. C'est paradoxal, je sais. De cette façon, nous avons un peu de paix et de calme avant le déjeuner. En parlant de ça, la cuisinière a préparé un festin pour toi et Lola. Je sais que tu voulais faire quelque chose de spécial, mais je sais aussi que tu as les mains liées en ce moment, pour ainsi dire.

— Merci, c'est vraiment gentil. Quand toute cette histoire sera terminée, j'emmènerai Lola pour un vrai rendez-vous. Je le promets, dit-il solennellement.

Phyllis rejeta la tête en arrière et rit si fort que le bébé tressaillit mais ne se réveilla pas.

— Oh, mon sucre, tu n'as pas besoin de m'impressionner ! Et je suis sûre que tu n'as pas besoin d'impressionner Lola non plus. Elle préfére-rait un pique-nique dans le kiosque ou un bol de bonbons dans la salle de jeux à un dîner chic n'importe quand !

Tom sourit. Ça ressemblait bien à sa Lola. Elle était modeste et n'ai-mait pas attirer l'attention sur elle. Bien sûr, elle éviterait de sortir là où tout le monde la regarderait.

Comme si c'était un signal, Lola entra à grands pas dans le salon. Tom se leva d'un bond.

— Lola ! Tu es magnifique ! dit-il, admirant la jupe et le pull qu'elle portait.

— C'est certain, ma chérie, intervint Phyllis. Mais après tout, tu l'es toujours. Elle se leva aussi, sourit à Lola et Tom, puis se dirigea vers le bureau.

Ils avaient récupéré le panier dans la cuisine et s'étaient installés sur une couverture dans le kiosque.

— J'ai une surprise, dit Tom.

— Est-ce dans ton sac ? demanda Lola en applaudissant d'excitation.

— Je voulais t'emmener à Paris. Tom attendit le cri d'appréciation de Lola. Mais...

— Mais tu ne peux pas Voyager.

Tom hocha la tête.

— Alors, j'ai apporté un peu de Paris à toi. Il fouilla dans son sac et en sortit quelque chose avec un geste dramatique. Bienvenue à Paris ! Tom brandit une maquette de la Tour Eiffel. L'un des pieds s'accrocha à une serviette, brisant la solennité du moment, mais cela fit rire Lola et ça en valait la peine. Il avait presque oublié la musique joyeuse de son rire, et quand il pouvait être celui qui la provoquait, il avait l'impression d'avoir rendu le monde meilleur, au moins pour un court instant.

— Elle est plus petite que ce que j'aurais cru d'après toutes les photos.

Tom retourna la tour et l'examina comme s'il ne l'avait jamais vue auparavant.

— Photographie trompeuse. Il sourit. Tu vois ? Il tint la maquette au-dessus de sa tête. Elle paraît beaucoup plus grande maintenant, non ?

Lola essayait de ne pas rire.

— Ah oui, je vois maintenant.

Tom la posa au bout de la couverture et plongea la main au fond de son sac.

— Il faut porter un toast pour l'occasion ! Il rit en voyant son expression. Tom sortit une bouteille d'eau gazeuse française et prit les verres que la cuisinière avait inclus dans le panier. Il leur servit à chacun un verre.

— À notre premier vrai rendez-vous ! dit-il en faisant tinter son verre contre le sien.

— Ce n'est pas notre premier rendez-vous ! s'exclama Lola. Si ? Ça ne peut pas être le cas, ajouta-t-elle, fronçant les sourcils maintenant.

— Euh, si, c'est le cas. Nous n'avons jamais été nulle part seuls ensemble. Je veux dire, nous ne sommes pas vraiment seuls maintenant, dit-il en montrant l'une des fenêtres supérieures.

Lola se retourna et vit Devlin qui les observait, ne faisant aucun effort pour cacher ce fait. Elle lui lança un regard noir, et il recula dans l'ombre.

— Il est un peu surprotecteur, dit-elle en prenant une gorgée de son eau pétillante.

Tom ne répondit pas à cette remarque, ne voulant pas gâcher l'ambiance.

— On mange ?

Ils mangèrent en silence pendant un moment, contents d'être ensemble à l'ombre du kiosque. Enfin seuls. C'était une belle journée de printemps et, bien que l'air eût un peu de mordant, c'était mieux que la pluie froide de la côte nord de l'Écosse où se trouvait Harding.

Finalement, Lola posa son assiette sur la couverture et prit la miniature. Elle la retourna et l'examina sous différents angles.

— Je ne suis jamais allée à la Tour Eiffel, mais j'aimerais voir la vraie un jour... avec toi. Elle ne leva pas les yeux de la maquette.

Tom s'arrêta de mâcher au milieu d'une bouchée. Il essaya de finir cette bouchée avant de parler, se sentant comme une vache surprise avec une bouchée de fourrage.

— Moi aussi. Il réussit à croasser cela sans se ridiculiser, mais c'était tout juste. Il prit une gorgée d'eau et s'éclaircit la gorge. Quand il pensa qu'il était prudent de parler à nouveau, il posa son assiette à côté de la sienne. Je sais que s'asseoir sur une couverture dans ton jardin n'est pas vraiment le cadre le plus romantique pour un rendez-vous.

— J'aime bien. C'est amusant.

Tom lui sourit, mais bien sûr, ni l'un ni l'autre n'avait vraiment le choix, n'est-ce pas ?

— J'aurais probablement dû laisser Le Maître garder ma Clé. Il parlait aux arbres derrière eux.

— Tom. Lola frissonna. Un Voyageur sans Clé ?

— Est-ce pire que d'avoir une Clé et de ne pas pouvoir l'utiliser ? demanda Tom raisonnablement. Je l'ai. Elle est là et pourtant je dois emmener une fille pique-niquer dans son propre jardin et "faire avec".

— Je sais que c'est frustrant...

— Non, tu ne sais pas. Tom se pencha vers elle. C'était réconfortant de sentir son parfum. Quelque chose mélangé avec du lilas. De la vanille ? Tu t'en fiches parce qu'il n'y a pas le choix. Il n'y a pas le choix parce que je ne peux aller nulle part. Je ne peux aller nulle part à cause de *lui*.

— Tom, s'il te plaît, ne te mets pas en colère. Ne gâche pas un bon rendez-vous à cause du Maître. Il ne peut pas nous prendre ça aussi.

Tom fixa pendant un moment. D'abord, il ne s'était pas rendu compte qu'il avait crié. Deuxièmement, ce n'était pas au Maître qu'il faisait référence. C'était le Directeur Lianon qui avait organisé les restrictions de voyage. C'était le Directeur qui avait obligé Tom à se cacher sous des rochers à Londres. Mais, en y réfléchissant davantage, Le Maître était aussi responsable, il devait le reconnaître.

— C'est une belle journée et la nourriture est délicieuse. Elle baissa les yeux vers son assiette presque vide, la contemplant un moment. Puis elle haussa légèrement les épaules, probablement pour elle-même, et s'y remit. Elle mangeait avec appétit, engloutissant plus de nourriture que la plupart des filles que Tom connaissait. Il savait que Lola n'était pas adepte de l'exercice, alors il supposait que c'était toutes ses inquiétudes et sa planification qui la maintenaient en forme.

— Ouais, il leva les yeux et contempla les jardins parfaitement entretenus du domaine des Evers. Il se souvint des conseils de Devlin et s'arracha à la voie que son esprit avait empruntée, désespérant sur ce qu'il ne pouvait pas changer. Il pensa essayer une approche différente.

— J'adorerais visiter Paris avec toi. Ce serait amusant.

— Tu n'as pas une maison là-bas ?

— Si, Tom joua un moment avec le reste de la nourriture. Mais y être avec ma famille... eh bien, ce n'est vraiment pas la même chose. Je veux dire, seul avec toi, ce serait... mieux.

— Je le pense aussi. Lola sourit. Elle posa sa fourchette et prit la maquette. C'est de là qu'elle vient ?

Tom rit.

— Non. Je suis passé à la maison voir ma mère après les cours et je l'ai prise dans ma chambre à Londres. Ça et l'eau pétillante étaient les seules choses "françaises" que j'ai pu trouver. Je sais, c'est stupide.

— Ce n'est pas stupide, Lola fit tourner le jouet. Je trouve ça doux et ingénieux. Elle souleva la maquette au-dessus de la tête de Tom. Maintenant, tu dois lever les yeux pour voir comme elle est grande.

Tom s'exécuta. Pendant un instant, elle ressemblait vraiment à la vraie, mais cela ne fit que lui manquer davantage le Voyage. Il détestait ne pas pouvoir aller où il voulait et quand il le voulait. C'était comme être consigné à la maison. Pas étonnant que sa mère et sa sœur piaffaient d'impatience de sortir.

— Tom ? Lola interrompit sa réflexion. Tom secoua l'amertume qui revenait sans cesse. C'était comme si elle surgissait d'elle-même de temps à autre, même après que Tom était sûr de l'avoir surmontée.

Il leva les yeux et força un sourire sur son visage. Il ne voulait pas l'effrayer et gâcher le rendez-vous. Ça se passait bien.

Il y avait de la tarte aux noix de pécan pour le dessert et un thermos de café. Ils gardèrent la conversation légère pendant le dessert et Lola suggéra d'aller se promener.

— Est-ce que c'est sûr ? demanda Tom avec une pointe de sarcasme. Il ne comprenait absolument pas pourquoi il était si caustique.

Heureusement, Lola manqua le sarcasme et répondit :

— Bien sûr. Nous resterons sur le domaine. Nous avons un périmètre de sécurité de pointe.

Ils suivirent le chemin autour du domaine, se tenant la main.

Après un moment, Lola rompit le silence.

— Tom, puis-je te poser une question sans que tu te mettes en colère ?

Elle parlait doucement et serra sa main. C'était censé le rassurer, mais cela ne fit que le mettre sur la défensive. Il marmonna :

— Bien sûr.

— Pourquoi n'as-tu pas invoqué une Porte quand Le Maître est entré dans ta maison avec ses Sorciers ?

Il serra les dents et se força à rester calme. Lola ne l'accusait de rien. Elle voulait juste savoir. Comment pouvait-il le lui expliquer ?

— Il a enlevé ma sœur. Il a manipulé des enfants pour qu'ils m'attaquent dès que j'ai quitté L'Académie. Il était sur le point de détruire ma maison. Je devais lui tenir tête, une fois pour toutes.

— Mais qu'as-tu accompli ?

— J'ai gagné, non ? lança-t-il, insulté par sa question.

— Le crois-tu vraiment ? Toi et ta famille êtes dans un programme de protection des témoins auto-imposé...

— Auto-imposé ? Tu plaisantes ? Nous n'avons pas choisi ça ! cria-t-il. Il n'avait pas encore eu l'occasion de lui faire savoir que leur exil était enfin terminé, avec des gardes du corps pour sa mère et sa sœur, afin qu'elles puissent se déplacer.

Lola lâcha sa main et fit un pas en arrière.

— Tu devrais peut-être partir, dit-elle.

— Pourquoi ?

Elle lui lança un regard de pierre.

— J'attendais avec impatience une journée pour simplement me détendre. Pouvons-nous juste laisser tomber le sujet ? Ça se passait si bien. Tout ce que je voulais, c'était un peu de temps seul avec ma petite amie. Est-ce trop demander ?

Il tendit la main vers elle, mais elle s'écarta de sa portée. Quand il s'approcha d'elle, elle leva une main, manifestant un bouclier entre eux. Elle n'avait jamais utilisé la magie contre lui.

C'était la goutte d'eau qui faisait déborder le vase.

— Tu ne me fais pas confiance !

— Je te fais confiance, Tom. Sa réponse tranquille fit paraître son éclat encore plus puéril. Mais je pense que tu devrais retourner à Harding maintenant. Il se fait tard et il doit y avoir un couvre-feu en vigueur.

— Nous n'avons même pas regardé un film. Il est à peine sept heures en Écosse. Pourquoi ? Même à ses propres oreilles, il avait l'air plus geignard que fâché.

Lola abaissa le bouclier.

— Depuis que tu as déclenché... la Magie de sang, tu as été... différent. Elle t'a changé.

— Bien sûr qu'elle l'a fait, dit Tom avec irritation. J'ai ces pouvoirs que je ne peux pas contrôler, et...

— Non. Je veux dire... elle t'a changé *toi*, et pas pour le mieux, Tom. Elle commença à marcher rapidement sur le chemin. Retournons au kiosque.

Il la laissa marcher devant lui.

— As-tu peur de moi ? dit-il finalement.

Elle s'arrêta et sembla réfléchir à ses mots avant de se retourner pour le regarder.

— Je n'ai pas peur de toi, Tom. J'ai peur *pour* toi.

Le regard triste et résigné dans ses yeux ressemblait trop à de la pitié au goût de Tom. Il fulminait mais ne dit rien. Il la suivit silencieusement le long du chemin. Quand ils retournèrent au kiosque, quelqu'un avait emporté les restes de leur pique-nique. Seule la Tour Eiffel restait, posée sur l'un des bancs à côté d'un Devlin mécontent.

Il se leva quand ils approchèrent, les bras croisés comme un videur de boîte de nuit.

Lola posa une main sur sa poitrine et le poussa doucement.

— Je m'en occupe.

Elle prit la Tour Eiffel et la tendit à Tom.

— Merci pour ce charmant rendez-vous. Bonne nuit, Tom.

Tom saisit la miniature et l'écrasa à mains nues. Il jeta les restes aux pieds de Devlin, sortit sa Clé et partit sans un regard en arrière.

CHAPITRE QUINZE

Lorsque Tom revint à l'Académie Harding, le dîner était terminé. Les élèves se dirigeaient vers leurs salles communes respectives ou sortaient. L'école se trouvait dans une région assez isolée du pays et il n'y avait pas grand-chose à faire à moins d'être prêt à marcher jusqu'à la ville la plus proche.

Bien que les élèves soient autorisés à quitter l'enceinte de l'école, on les encourageait à rester discrets et à ne pas voyager en grands groupes. D'abord, pour ne pas attirer l'attention sur leur école, qui apparaissait au reste du monde comme les ruines d'un château délabré. Mais aussi pour préserver la tranquillité des quelques voisins que l'école comptait.

Tom se dirigea vers la salle commune qui lui avait été attribuée et fut heureux de constater que ses nouveaux amis n'étaient pas là pour être témoins de sa mauvaise humeur. Il fut également soulagé de voir qu'on ne lui avait toujours pas assigné de camarade de chambre.

Il s'occupa en rangeant ses vêtements dans l'armoire fournie. Cette tâche répétitive l'aida à se vider l'esprit et il la termina rapidement.

Tandis qu'il plaçait ses livres et autres babioles dans la petite bibliothèque, une photo tomba d'entre deux livres. C'était l'une de ces photos instantanées sépia, prise lors de sa fête d'anniversaire en août dernier. Cela ne faisait-il que sept mois que tout avait basculé ?

Lola et lui posaient de façon théâtrale pour l'appareil photo. Pour le thème du speakeasy des années 20, chacun avait reçu le rôle d'un personnage célèbre de l'époque. Lola incarnait Zelda Sayre, romancière, peintre et mondaine. Tom jouait son mari, F. Scott Fitzgerald, romancier et scénariste américain.

Ils avaient l'air si heureux, si insouciants. Tenant toujours la photographie, Tom s'assit sur le lit et se frotta le visage de son autre main. Il n'aurait pas dû fracasser la miniature de la Tour Eiffel, et encore moins en jeter les morceaux aux pieds de Devlin. Autant dire qu'il avait brisé leur relation.

Il secoua la tête, déconcerté. Il n'avait pas élevé la voix. Ou l'avait-il fait ? Il tenta d'extraire ce souvenir de son esprit, mais tout ce dont il se souvenait, c'était d'avoir légitimement demandé pourquoi elle voulait qu'il parte. *Elle avait peur ? Pour lui ?*

Elle avait fait comme si elle craignait qu'il ne devienne fou, et non parce qu'il était la proie de prédilection du Maître. Il aurait compris si elle avait eu peur pour elle-même. Non qu'il lui ferait du mal ; elle devait savoir qu'il ne ferait jamais ça. Mais après tout, elle avait manifesté un bouclier d'énergie pour le tenir à distance. Si quelque chose avait du sens, c'était qu'elle veuille garder ses distances pour que le Maître ne l'utilise pas pour l'atteindre, lui. Ça, il pourrait le comprendre.

Il se sentit soudain glacé et épuisé jusqu'à la moelle. Il était trop tôt pour se coucher, alors il opta pour une douche. Il prit son nécessaire de toilette et sa serviette et se dirigea vers les salles d'eau communes. Les douches ici n'étaient pas aussi agréables que celles de l'Académie, mais l'eau brûlante lui fit beaucoup de bien. Il se savonna rapidement puis se pencha sous le jet et resta immobile, laissant la chaleur couler sur lui. Cela ne fit pas grand-chose pour apaiser les pensées qui déferlaient dans son esprit, mais la tension dans ses épaules fondit sous le jet d'eau.

L'eau commença à refroidir, et Tom reprit ses esprits, réalisant soudain qu'il était resté là bien trop longtemps. Son temps était écoulé.

Il se sécha vigoureusement. La texture de la serviette était comme du papier de verre, et c'était exactement ce qu'il voulait. C'était ce dont il avait besoin.

Tom enfila un pantalon de survêtement et retourna dans sa chambre. La salle commune était plus animée maintenant, mais Tom ne vit personne qu'il connaissait. De retour dans sa chambre, son esprit ne cessait de repasser l'incident avec Lola. Tout ce qu'il voulait, c'était passer une journée normale avec sa petite amie. Il avait espéré que cela les rapprocherait, pas qu'ils s'éloignent davantage.

Avaient-ils rompu ? Lola et Devlin avaient tous deux dit qu'il avait changé. Au début, il pensait qu'ils se liguaient contre lui. Mais, même Tom devait admettre qu'il se comportait comme un fou. Il pouvait sentir la rage monter en lui à nouveau, comme l'eau qui s'écrase contre le mur d'un barrage.

On lui avait dit de ne pas refouler ses émotions. Mais chaque fois qu'il essayait d'en parler à voix haute, personne n'écoutait. Ou on lui disait de se détendre et de laisser les adultes s'en occuper. C'était tellement frustrant. Il se demanda s'il devait envoyer une note à Lola, mais dans son état actuel, cela risquait d'aggraver les choses. Non, il avait besoin de relâcher la tension. Il avait besoin de se battre.

Une personne lui vint à l'esprit : Arturo. Il ferait un excellent partenaire d'entraînement. Tom n'avait pas revu son nemesis depuis les altercations avec les sbires de Jameson. À vrai dire, il ne pouvait plus considérer Arturo comme un nemesis. Le gars s'était interposé pour lui sauver la mise et, bien qu'il ne le considérerait pas comme un ami, ils s'étaient quittés en bons termes.

Galvanisé par cette idée, Tom quitta la sécurité de sa chambre. Il arrêta quelques personnes pour demander si elles connaissaient Arturo. Il semblait que le gars était bien connu, mais pas très apprécié. Il fallut cinq tentatives pour trouver quelqu'un qui aurait une idée de l'endroit où Tom pourrait le trouver.

— Il aime traîner au gymnase, dit une fille, en donnant un coup de coude à son amie avec un gloussement.

— Pourquoi c'est drôle ? demanda Tom.

— Il s'entraîne torse nu et fait coucou à ses fans adorateurs par la fenêtre du pont d'observation, répondit l'autre fille. Elle détaillait Tom d'un regard appuyé qui le mettait mal à l'aise.

Avant de rencontrer Lola, il n'était jamais sorti avec personne. Il savait qu'il était beau, mais il n'avait jamais reçu de regards aussi lascifs à l'Académie. En même temps, la plupart de ses amis étaient des garçons hétérosexuels. Dans son lycée normal, il traînait avec la bande de D&D. Bien qu'il y ait eu des filles dans le groupe, tout le monde se concentrait sur leurs rôles et non sur les vraies personnalités des autres.

Il remercia les filles et partit, sentant leur regard alors qu'il quittait la pièce.

En arrivant au gymnase, il se rendit au bureau du Coach Hanover. Il pensait qu'il devait demander la permission d'utiliser les installations. À la lumière de l'épisode dans le donjon, il jugea préférable qu'un professeur soit au courant de ses intentions. Le Coach Hanover n'était pas là ; il était probablement chez lui avec sa famille. Les Fées avaient-elles des familles ? Des enfants ? Des maisons ? Tom n'avait jamais pensé à poser la question. Pour ce qu'il en savait, les Fées vivaient peut-être dans le jardin derrière l'école.

Un bruit sourd attira l'attention de Tom. Il venait du gymnase. À travers la fenêtre, Tom vit un type aux cheveux noirs qui jouait au basket dans l'une des sections du gymnase. Il utilisait clairement la magie parce qu'il planait près du panier et y enfonçait le ballon. Ça devait être Arturo. Il ouvrit la porte et entra.

En s'approchant, il appela :

— Hé, Arturo !

Le gars se retourna et pencha la tête. Ce n'était pas Arturo. Il tenait le ballon au niveau de la poitrine, comme s'il était sur le point de faire une passe. Avant même que Tom ne puisse cligner des yeux, le type lui lança le ballon. Il arriva avec une vitesse surnaturelle, étant donné la distance entre eux. L'instinct poussa Tom à mettre ses mains en avant pour arrêter le ballon ; même s'il avait été lancé dans un jeu décontracté, Tom ne l'aurait probablement pas attrapé. Il n'était pas très athlétique, et il avait l'habitude que les sportifs lui lancent des ballons à la tête. Non, son réflexe était toujours de protéger son visage. Seulement cette fois, avec la vitesse et la force à laquelle le ballon arrivait sur lui, quand ses mains se levèrent, son bouclier aussi. Le ballon rebondit et partit dans une autre direction, toujours porté par l'élan du tir du gars.

— Pourquoi tu as fait ça ? demanda Tom, encore sous le choc. Bien qu'il soit habitué à être attaqué par des ballons volants et qu'il ait connu sa part d'attaques lors de chacune de ses précédentes visites à Harding, il n'avait jamais invoqué un bouclier sans saigner d'abord. Ce qui était encore plus curieux, c'est qu'il n'avait été ni en colère ni effrayé. Juste surpris.

Le type rit et s'approcha. Tom le regarda avec méfiance et ouvrit son anneau-sceau au cas où il aurait besoin de combattre ce nouvel individu. Puis il se souvint des commentaires du Directeur Lianon sur l'utilisation de tous ses dons au lieu de se fier à une magie instable.

Le gars souriait en s'approchant de Tom, tendant la main quand il fut assez proche.

— Tu dois être Tom, dit-il avec un léger accent britannique que Tom n'arrivait pas à situer, la main tendue.

Tom fixa cette main, puis examina de plus près le visage de l'étranger. Il était plus âgé, peut-être au début de la vingtaine. Grand et musclé, ses longs cheveux noirs étaient attachés avec un élastique. Il ne pouvait pas être un élève, mais il semblait trop jeune pour être un professeur. Harding avait-il des étudiants de troisième cycle ? Peut-être travaillait-il à l'école à un autre titre.

— Comment le saurais-tu ? demanda Tom, plissant les yeux vers le type dont le sourire ne vacilla jamais et dont la main attendait toujours.

— Je m'appelle Emmet, je suis nouveau ici et on m'a dit qu'il y avait un nouvel élève.

— Es-tu un étudiant ? demanda Tom, ignorant toujours la main qui flottait entre eux. Une personne normale l'aurait baissée depuis longtemps. Sûrement que c'était une contrainte pour son bras et son épaule, mais Tom ne vit pas un tressaillement.

— Pas exactement, répondit Emmet. Mais je suis ici pour t'enseigner, Tom.

Tom savait qu'il frôlait l'impolitesse en ne serrant pas la main du type. Maintenant que son identité était confirmée, Tom tendit prudemment sa main pour serrer celle d'Emmet. Le gars avait une poignée ferme et il la tint un peu trop longtemps pour être confortable. Il était aussi de ces personnes qui font un pas en avant et vous fixent dans les yeux, attendant que vous tressailliez ou détourniez le regard. Mesurant 1,83 mètre, Tom rencontrait rarement quelqu'un de beaucoup plus grand que lui. Ce type devait faire au moins 1,90 mètre.

Clairement, c'était une partie du test. Et Tom ne voulait pas échouer, une fois de plus, à un test dont il ignorait l'existence. Tom le fixa en retour et dit :

— Ravi de te rencontrer, Emmet.

Satisfait, Emmet lâcha la main de Tom et fit un pas en arrière. Il se tenait dans ce que Tom ne pouvait décrire que comme une posture militaire : au repos. Emmet portait un survêtement semblable à celui de Tom, mais il le remplissait mieux. Là où Tom était un garçon, c'était un homme.

— Dois-je vous appeler Monsieur ? demanda-t-il, consterné par son impolitesse précédente si c'était, en fait, un professeur.

— Non, Emmet ça va. Je ne suis pas un Professeur ou quoi que ce soit.

— Qu'es-tu alors ? Qu'es-tu censé m'enseigner ? demanda Tom, déconcerté par la posture de l'homme et son visage placide. Il semblait très différent maintenant qu'il ne montrait plus ses dents éclatantes à Tom. Il avait l'air menaçant. Il avait l'air de pouvoir se débrouiller dans un combat.

— Es-tu un professeur d'arts martiaux ?

Emmet rit à cette question.

— Non, mais tu sembles en avoir besoin de leçons.

Vexé, Tom lâcha :

— J'ai une ceinture bleue en Jiu-Jitsu brésilien.

Emmet cessa de rire.

— Vraiment ? dit-il, changeant sa posture.

Je suis un idiot. Ce type peut clairement me faire mordre la poussière.

— Oui, ils donnaient un cours à l'Académie appelé Arts Martiaux, mais c'était essentiellement du JJB. On ne pouvait pas gagner de barrettes cependant ; j'ai seulement obtenu la mienne l'été dernier, quand j'ai eu seize ans, à mon Académie locale à Cork, expliqua Tom.

Emmet hocha la tête.

— Dis-moi, Tom. Pourquoi es-tu ici ?

— Ici à Harding ?

— Non, ici au gymnase. Tu n'es manifestement pas venu pour jouer au basket, dit Emmet, un coin de sa bouche tressaillant légèrement.

— Ouais, non. Je ne suis pas très basketteur. Ni aucun sport d'équipe, en fait. Tom hésitait à dire la vérité à Emmet. S'il lui disait qu'il était venu s'entraîner avec Arturo, il proposerait probablement de s'entraîner avec lui. Et bien qu'Arturo soit l'un des meilleurs Sorciers de l'école, Tom avait le sentiment qu'Emmet serait un adversaire encore plus redoutable.

Il opta pour une vérité partielle.

— Je cherchais Arturo.

Emmet fronça les sourcils et tapota sur sa lèvre supérieure un instant avant de demander :

— C'est celui qui lévite ?

— Ouais, c'est pourquoi je suis entré quand je t'ai vu.

— Je ne lévite pas, déclara Emmet.

— Eh bien, tu t'es arrêté près du panier pour y enfoncer le ballon, répondit Tom.

— Je peux ralentir le temps, c'est comme ça que je fais. Pour démontrer, il sauta en l'air, plana à mi-hauteur puis retomba sur ses pieds.

— Wow, ce serait tellement utile pour jouer à la Planche d'Équilibre, dit Tom, impressionné.

— Ça l'était. J'étais Champion de la Couronne chaque année pendant que j'étudiais à Harding.

— Tu as étudié ici ?

— Ne semble pas si surpris ! répondit Emmet avec un petit rire. Ce n'est pas comme s'il y avait des tonnes d'Académies Magiques au choix au Royaume-Uni.

Tom sourit un peu et répondit :

— C'est vrai ! Il n'avait aucune idée du nombre d'Académies Magiques qu'il y avait au Royaume-Uni, ou même dans le monde. Il n'avait jamais connu que l'Académie. Ils apprenaient l'existence d'autres humains magiques à l'école, et bien sûr, ces personnes devaient aller à l'école quelque part, mais il n'y avait jamais vraiment prêté attention jusqu'à ce qu'on lui suggère d'en fréquenter une.

— Quelle était ta spécialité ? demanda Tom plus par habitude que par réelle curiosité.

— Relations internationales, dit Emmet.

— Vraiment ? C'est ma spécialité ! Je me spécialisais en Études mondiales dans mon ancienne école, ce qui est un programme plus large. Tom s'arrêta avant de commencer à bavasser sur quelque chose qu'on avait déjà dû dire à Emmet à son sujet.

Tom n'avait ni vu ni demandé de prospectus. On lui avait simplement dit que les RI étaient ce qui lui convenait le mieux. Puisqu'il n'avait commencé qu'en janvier, il serait placé avec les étudiants du trimestre d'hiver et recevrait des crédits pour les examens ou travaux qu'il avait manqués.

— C'est pour ça que tu es ici ? Pour me donner des cours sur ce que j'ai manqué ?

— Pas exactement, bien que je sois ici pour te former aux compétences dont tu auras besoin à l'avenir, répondit Emmet. Tom ne manqua pas comment Emmet esquiva la question, et il était sur le point de poser une question clarificatrice quand Emmet leva la main.

— Je promets de répondre à toutes tes questions en classe, lundi. C'est samedi soir, tu as sûrement mieux à faire.

— Oh, je suis désolé. Je ne voulais pas te retenir, répondit Tom. Bien sûr. Emmet venait probablement au gymnase pour se détendre, profitant de l'absence d'élèves. Avec Tom ici, il voulait probablement partir et faire autre chose.

— Tu ne me retiens de rien, mais je suis venu ici pour évacuer un peu de tension. C'est aussi pour ça que tu es là ?

Tom fronça les sourcils. C'est exactement pourquoi il était venu. Mais il se rendit compte maintenant qu'il était calme et détendu. Tout cet incident avait distrait Tom de tous ses autres problèmes. C'était rafraîchissant.

— C'était le cas, mais je me sens mieux maintenant. Je suppose que j'avais seulement besoin d'une distraction, dit-il franchement, haussant les épaules.

Emmet lui lançait un regard évaluateur.

À quoi pense-t-il maintenant ?

Cela rendait Tom nerveux, et il alla machinalement faire tourner son anneau. Son anneau ! Il ne portait pas son anneau ! Avait-il oublié de le remettre après sa douche ? Non, il se souvenait de l'avoir glissé dès son retour dans sa chambre. Il fixa stupidement son pouce nu. Il n'avait pas glissé. Quelqu'un l'avait pris. Il supposait que n'importe quel élève aurait pu le retirer magiquement sans qu'il s'en aperçoive. Mais sûrement qu'il aurait dû remarquer son absence avant maintenant, non ?

Non, cela venait juste de se produire. *Emmet l'avait pris. Quand ? Pourquoi ?* Tom était à peu près sûr de savoir comment. Si Emmet pouvait ralentir le temps, il l'avait probablement glissé de sa main quand ils s'étaient serré la main.

Quand Tom leva les yeux, Emmet tenait sa main, paume vers le haut. L'anneau de Tom s'y trouvait. Il fit un geste pour le récupérer, mais Emmet ferma ses doigts dessus et leva une main.

— Je te promets de te le rendre dans un moment, quand tu auras répondu à quelques questions.

— C'était celui de mon père. Je n'aime pas en être séparé, dit Tom les dents serrées.

— Je sais. Fais-moi plaisir, dit-il et plaça l'anneau sur le sol entre eux très lentement et fit un pas en arrière. L'anneau était maintenant plus proche de Tom que d'Emmet, bien que Tom sache qu'il pourrait être saisi sans même qu'il s'en aperçoive.

— D'accord.

— Comment te sens-tu, Tom ? demanda-t-il.

— Es-tu aussi le psychologue de l'école ? dit Tom avec un rire nerveux.

Emmet se contenta de regarder, attendant patiemment une réponse.

— Je me sens bien, merci, répondit Tom, ses paroles dégoulinant modérément de sarcasme.

Emmet hocha la tête.

— Comment te sentais-tu avant d'arriver au gymnase ? Et plus tôt aujourd'hui ? Ou ces dernières semaines ?

Tom le regarda de travers, pinçant les lèvres, sur le point de dire à Emmet que ce n'était pas ses affaires et qu'il ne voyait pas en quoi c'était pertinent. Mais Tom ne s'était-il pas plaint que personne ne l'écoutait pas trente minutes auparavant ? Voici quelqu'un qui lui demandait comment il se sentait. Tom regarda par-dessus son épaule vers la porte du gymnase, retraçant ses pas dans son esprit. Comment s'était-il senti avant de venir au gymnase ?

Comme une bouilloire prête à siffler.

Il regarda à nouveau Emmet, son expression placide ne trahissant rien. Comment se sentait-il maintenant ?

Bien, en fait.

— Es-tu une de ces personnes qui peuvent insuffler le calme aux autres ? demanda Tom, pointant un doigt vers Emmet.

— Non, mais je souhaite souvent avoir ce don. Les gens dans mon domaine ont souvent besoin de se détendre.

— Quel est ce domaine ?

— Tu pourras poser tes questions demain. Pour l'instant, c'est toi qui réponds aux miennes. Comment te sens-tu ?

Tom soupira.

— Un peu méfiant, mais sinon bien.

— Et comment te sentais-tu ces derniers temps ?

— Comme un crétin paranoïaque à la mèche courte, souffla Tom. C'était vrai. Il avait été tellement tendu, c'était étonnant qu'il n'ait pas explosé.

— Depuis que j'ai eu mes pouvoirs... commença Tom, mais Emmet l'interrompit.

— As-tu été un crétin paranoïaque en colère depuis août ? demanda-t-il.

Tom plissa les yeux vers Emmet. L'homme en savait beaucoup trop sur lui.

— Non. J'étais tendu et plus qu'un peu agité, mais pas paranoïaque, dit Tom, essayant de déterminer exactement quand il avait commencé à agir comme un fou. Je suppose que ça a commencé après la confrontation avec le Maître, dit Tom.

— Le Maître t'a-t-il touché ou est-il entré en contact avec l'une de tes affaires ? demanda Emmet.

La réalisation frappa Tom.

— Il a pris ma Clé, mais je l'ai récupérée. Il n'a pas eu le temps de la maudire ou quoi que ce soit.

— Et l'anneau ? s'enquit Emmet.

Tom fronça les sourcils et se gratta la tête.

— L'anneau est tombé pendant que je me battais contre un Sorcier. Le Maître n'était nulle part près de nous et le Sorcier... Tom fit une pause et prit une profonde respiration, est mort presque immédiatement. Donc, il n'aurait pas pu le maudire.

— L'anneau est maudit, c'est sûr, dit Emmet, hochant la tête vers l'anneau.

— Comment le sais-tu ?

— Tu as rencontré Mademoiselle Clementine, non ? Tom hocha la tête. Elle lit tes souvenirs quand elle tient ta main. Quand je tiens ta main, je lis, eh bien, le mal.

— Le mal ? Tu dis que je suis maléfique ? cria Tom. La terreur se formait au creux de son estomac comme de l'eau croupie qui monte. Emmet avait nommé la seule chose qui hantait le fond de son esprit : la Magie de sang le rendait maléfique.

C'est pourquoi le Maître me veut tant. Il pense que nous sommes des esprits apparentés.

— Non, je ne pense pas que tu sois maléfique, et je n'ai pas *senti* que tu étais maléfique non plus. Mais j'ai pu sentir le mal dans l'anneau et donc je l'ai glissé de ton pouce et placé dans une pochette sécurisée que je porte toujours sur moi. Elle est doublée de limaille de fer.

Tom savait que le fer était connu pour repousser les fantômes et autres entités malveillantes. Pourquoi Emmet avait besoin de porter une pochette doublée de fer sur lui était juste une autre question à ajouter à la liste toujours croissante de Tom.

— Je l'ai tenu à peine un instant, et j'ai eu envie de me mourrir. Je n'imagine pas comment tu as réussi à le porter pendant près de deux semaines.

Tom avait cessé d'écouter ; il essayait de se rappeler les deux dernières semaines depuis l'attaque et plus il essayait, plus tout devenait flou. S'il y avait eu une chaise, il se serait assis. Mais il était trop conscient de lui-même pour simplement s'asseoir par terre, les bras enroulés autour de ses genoux.

Lola et Devlin avaient raison. Le Directeur avait raison. Même sa mère et Arabella avaient essayé de le raisonner. Et il s'était comporté comme un monstre. Il devait s'excuser. Auprès de tout le monde.

— Je... Tout le monde a essayé de me dire que j'avais changé, et j'ai juste pensé qu'ils essayaient de me contrôler. J'ai été un tel con... dit Tom en passant ses mains dans ses cheveux.

— Ne te flagelle pas. Je ne pense pas que tu étais censé le découvrir.

— Mais comment a-t-il fait ?

— Je suppose que le Maître a fait faire une réplique et a échangé l'anneau pendant que tu étais occupé ailleurs. Est-ce possible ? demanda Emmet.

Tom hocha la tête, se souvenant.

— Oui, le Sorcier a saisi ma main quand... quand je l'ai poignardé. Je pensais qu'il essayait de garder l'équilibre, mais je me rends compte maintenant que mon anneau était peut-être son seul but. La vérité le frappa et avec elle, Tom chancela en arrière jusqu'à ce qu'il trouve un mur pour s'y adosser.

— Il n'essayait même pas de me faire du mal ; juste de voler mon anneau. Je l'ai tué, dit-il alors que les larmes montaient à ses yeux, la douleur et la culpabilité s'écoulant dans sa gorge et la serrant jusqu'à ce qu'il ne puisse plus parler.

Emmet s'approcha de Tom lentement, comme il le ferait avec un chien de refuge. Quand Tom ne s'enfuit pas ni ne recule, il s'approcha et posa une main sur son épaule.

— C'était un accident, Tom. Tu dois te pardonner.

Une fois que Tom eut repris contenance, Emmet suggéra qu'ils s'entraînent sur les tapis. Pas de magie, juste des arts martiaux. Emmet était ceinture marron et Tom se fit battre à plates coutures à plus d'une reprise. Quand ils eurent terminé, Tom avait besoin d'une autre douche. Et bien qu'il soit sûr qu'il se sentirait endolori le lendemain matin, il ne s'était pas senti aussi bien depuis des semaines. Avant de quitter le gymnase, il devait demander à Emmet au sujet de son anneau.

— Ça te dérange si je l'apporte au Professeur Montague pour voir si nous pouvons le « démaudire » ? Emmet aborda le sujet avant lui.

Tom mâchonna l'intérieur de sa joue. La dernière fois qu'il avait perdu son anneau de vue, il y avait eu de graves conséquences.

— Je ne sais pas... C'est un héritage familial et je me sens un peu nu sans lui. Je sais que je ne peux pas le porter, mais penses-tu que je pourrais le garder ? Dans la pochette, je veux dire. J'ai cours avec le Professeur Montague demain et je promets de le lui montrer.

C'était au tour d'Emmet d'hésiter.

— C'est juste qu'il y a une réunion du corps enseignant après le dîner et j'ai pensé qu'il serait important d'informer tout le monde de ce dernier développement.

Tom était reconnaissant envers Emmet d'avoir allégé son fardeau. Non seulement il avait mis fin à la paranoïa et au désespoir généralisé de Tom, mais il lui avait aussi prêté une épaule sur laquelle pleurer, pour ainsi dire. De plus, ses pouvoirs étaient très cool, et Tom s'était surpris plus d'une fois à souhaiter avoir un grand frère comme Emmet.

— Bien sûr, pourquoi pas, dit-il finalement et quitta le gymnase plus léger à bien des égards.

CHAPITRE SEIZE

Quand Tom descendit prendre son petit-déjeuner le lendemain, il ne vit aucun de ses amis. Il ne les avait pas vus la veille au soir à son retour dans la salle commune. Soit ils étaient rentrés chez eux pour le week-end, soit ils étaient rentrés après qu'il se soit endormi et n'étaient pas encore levés.

Il n'avait pas envie de rencontrer de nouvelles personnes si tôt un dimanche matin. Enfin, tôt selon les critères des adolescents. Il était neuf heures. Les repas à Harding étaient tous servis en self-service ; on prenait un plateau, on faisait la queue, et on s'asseyait où l'on voulait. Tom imaginait que c'était comme ça dans la plupart des universités.

La nourriture était correcte, mais loin du niveau gastronomique cinq étoiles qu'on trouvait à L'Académie. Il devrait prévenir Lola quand elle viendrait pour ses cours d'été ; elle était une véritable foodie. Lola. Il avait besoin de la voir. Pourrait-il simplement se présenter et implorer son pardon ? Sûrement, elle et Devlin comprendraient.

Il termina de manger et se promena dans l'école. Il avait apporté son emploi du temps pour repérer ses salles de cours du lundi. Lors de sa dernière visite, il avait suivi Mandy. Et il avait passé beaucoup de temps avec le professeur Montague.

Des élèves étaient dispersés ici et là alors qu'il parcourait les couloirs de pierre. Sans leurs robes, ils ressemblaient à des adolescents ordinaires. La plupart étaient plus âgés que Tom. Comme il avait condensé sa dernière année en un seul semestre, il avait au moins un an de moins que la plupart des premières années. Si ça n'avait pas été une urgence, il n'aurait pas commencé avant le semestre d'automne.

Il y avait un plan au dos de son emploi du temps, et Tom tourna à droite pour atteindre l'aile nord. Il avait pas mal de cours dans cette partie de l'école ; bien qu'il fût impossible de savoir de quoi il s'agissait puisqu'ils étaient identifiés par un code. Le couloir menait à une porte extérieure. Lorsqu'il l'ouvrit, il vit un chemin couvert reliant les deux bâtiments. Il courut. Il faisait glacial, et il n'avait pas apporté de manteau ni de pull.

Il s'arrêta pour lire la plaque sur la porte : *Harding Preparatory Academy*. Il faisait trop froid pour réfléchir à ce que cela signifiait. Il essaya la poignée et la porte s'ouvrit.

Se frottant les mains pour se réchauffer, il continua, consultant son plan. Les salles de classe étaient plus rapprochées. Quand il jeta un coup d'œil à travers les fenêtres, il vit des rangées bien alignées d'environ vingt pupitres et chaises.

Ça ressemble beaucoup à un lycée.

Il localisa quatre des salles. Chacune avait le nom du cours écrit à la main sur un morceau de carton coloré avec le nom du professeur : Potions et Alchimie avec le professeur Filigree, Magie Défensive et Offensive avec le professeur Hilltop, Incantations avec le professeur Montague, et Histoire de la Magie avec le professeur Bellamy.

Tom avait rencontré tous les professeurs sauf celui d'Histoire, le jour où il avait les bracelets de mort que personne ne pouvait retirer. Il frissonna à ce souvenir ; pendant que tout le monde paniquait, Tom dormait paisiblement, ignorant que sa vie s'échappait lentement.

Comme par hasard, la porte du professeur Bellamy était ouverte. Il s'arrêta devant. Tom passa la tête et le regretta immédiatement. La vieille sorcière était à son bureau, probablement en train de corriger des copies, et l'aperçut. En un éclair, elle l'invita à entrer, lui offrit du thé et des biscuits, et lui demanda de raconter sa vie.

Il n'y avait pas d'échappatoire. Ce n'est pas comme s'il avait quelque chose de mieux à faire. Et les gâteaux étaient bons. Cette salle de classe était aménagée différemment ; au lieu de rangées bien ordonnées, les pupitres formaient un cercle. Il n'y avait pas de tableau noir et Tom imaginait que c'était comme à L'Académie ; les paroles des enseignants étaient dictées sur d'énormes parchemins suspendus et s'effaçaient quand la plume invisible atteignait le bas de la page. Tom avait appris très tôt à prendre des notes rapidement.

Quand Tom demanda à propos de la disposition des sièges, le professeur répondit : « J'ai été bénie avec le don d'illusion. » Tom attendit la suite, mais apparemment, cela se voulait explicite. Tom repensa à sa fête d'anniversaire. Yvan, l'illusionniste, pouvait faire voir n'importe quoi à n'importe qui, n'importe quand. Il avait fait croire à un groupe de 20 enfants qu'ils étaient dans un speakeasy souterrain secret, alors qu'en réalité, ils se trouvaient sous une simple tente de 5 mètres.

— Vous voulez dire que vous emmenez les élèves dans le passé pour voir les événements que vous enseignez ? demanda-t-il, enthousiaste à l'idée d'un cours d'histoire pour la première fois de sa vie.

— Ce n'est pas du *Voyage dans le Temps*, mais on pourrait dire que les élèves sont transportés à une autre époque, répondit-elle d'un air rêveur, comme si elle voyait une scène complètement différente dans son propre esprit.

Tom ne savait pas s'il devait dire quelque chose, alors il mangea ses gâteaux et but son thé. Il n'avait pas de grands-parents, et il imaginait que c'était ainsi que l'on se sentait en rendant visite à sa grand-mère. Elle lui raconterait des histoires du passé et lui donnerait des friandises.

Il riait doucement quand le professeur Bellamy posa sa main sur son bras, et il la rejoignit dans la vision. C'était comme être un fantôme, un observateur invisible ; présent, mais pas vraiment. Tom pensa que ce devait être ce que l'on ressentait lors d'une projection astrale. Il devrait demander à Lola. *Lola*. Il devait l'appeler.

Le bras du professeur s'enlaça à celui de Tom, et elle se tenait à côté de lui. Ils étaient dehors, ici au château, par une chaude journée ensoleillée. C'était incroyable de pouvoir sentir la chaleur du soleil, entendre le ressac au-delà des falaises, et respirer l'arôme enivrant des daphnés roses.

Ils se promenèrent bras dessus bras dessous pendant un moment jusqu'à ce qu'ils s'arrêtent devant un groupe d'élèves, assis en tailleur, se tenant la main, les yeux fermés. Les élèves semblaient avoir treize ou quatorze ans, et leur professeur était reconnaissable entre tous : c'était une version bien plus jeune du professeur Bellamy.

— Ça remonte à quand ? chuchota-t-il, sachant que la très vieille sorcière pourrait s'en offenser, mais il devait savoir.

Soit elle s'en moquait, soit elle était trop polie pour le réprimander pendant leur aventure.

— Ils ne peuvent pas nous entendre, mon cher. C'était il y a près d'un siècle. Elle le conduisit à mi-chemin autour du cercle et s'arrêta. Elle désigna un garçon. Ce garçon, c'est Dermot Callahan, ton arrière, arrière, arrière-oncle.

Tom observa le garçon, cherchant une ressemblance entre eux mais n'en trouvant aucune, si ce n'est qu'ils avaient tous les deux les cheveux foncés. En l'étudiant, il remarqua qu'il y avait quelque chose de familier chez lui, mais il n'arrivait pas à mettre le doigt dessus. Il se demanda s'il ressemblait peut-être à quelqu'un qu'il avait vu sur les vieilles photographies dans le bureau de son père. C'était probablement ça, et il laissa tomber.

La scène avait changé. Ils étaient de retour dans la salle de classe, mais pas à l'époque de Tom. Les élèves étaient assis sur des chaises en bois droit avec des ardoises portables sur leurs genoux. Tom réalisa que les ardoises étaient à peu près de la taille des tablettes d'aujourd'hui et étaient probablement appelées tablettes à l'époque.

Une fois de plus, le professeur Bellamy désigna une élève, une fille cette fois. C'est Maeve Callahan, la fille de Dermot et ton arrière, arrière-tante. La fille était blonde avec des mèches foncés. Tom aurait parié que ses yeux étaient verts et envoûtants. Elle ressemblait à une poupée de porcelaine, du genre dont les yeux se révulsent et qui te donnent la chair de poule. Il frissonna à cette image et changea de position.

Nouveau changement de scène, cette fois dans une cafétéria, mais pas celle où il avait mangé ce matin. C'était probablement la cafétéria du lycée. Le professeur Bellamy était plus âgée, mais pas aussi âgée qu'elle l'était maintenant. Elle se tenait à côté d'un homme d'une quarantaine d'années qui ressemblait beaucoup à son père.

— Papa ! appela-t-il. C'était futile. Ils ne pouvaient pas les entendre. Et ce n'était pas son père. Son père était un Voyageur et n'avait jamais fréquenté l'Académie Harding. D'ailleurs, à en juger par la vieille radio et la nourriture simple et ordinaire sur la table, cette scène avait dû se dérouler dans les années 1960.

— Non, mon cher, dit l'enseignante. Je suis désolée, j'aurais dû te prévenir. C'était Brian Callahan, ton grand-oncle.

— Il ressemble à ce qu'aurait pu être mon grand-père ! lâcha Tom. Il fit un pas en avant, mais le professeur les avait ramenés au présent.

— C'est parce que Brian avait un jumeau, ton grand-père, Brendon Callahan, expliqua-t-elle.

— On m'a dit qu'il est mort quand mon père était enfant. A-t-il étudié ici ?

Les yeux du professeur Bellamy se détournèrent vers la droite et son sourire faiblit pendant un bref instant. Non mon cher, pas à ma connaissance. C'était une réponse énigmatique, mais avant que Tom ne puisse poser d'autres questions, elle en avait une pour lui.

— As-tu eu beaucoup de famille élargie en grandissant ? Des tantes, des oncles, des cousins ? Des grands-parents du côté de ta mère peut-être ? demanda-t-elle entre deux gorgées de thé. Tom prit une gorgée, pensant que le thé serait froid, mais il était toujours chaud, comme si aucun temps ne s'était écoulé pendant qu'ils étaient allés dans le passé.

— Juste mon oncle Aidan, le frère de maman, et il ne s'est jamais marié ni n'a eu d'enfants. Leurs parents sont morts avant ma naissance. Mes parents avaient beaucoup d'amis Voyageurs, que Tabitha et moi appelions tante et oncle, mais nous n'étions pas vraiment de la même famille.

Il avait souvent souhaité avoir des cousins comme Keith. Bien que Keith se plaignait des visites fréquentes de son cousin agaçant Bernie, il avait souvent partagé des histoires hilarantes de leur enfance commune. Keith était aussi proche d'un frère, ou d'un cousin, que Tom pouvait avoir. Tom avait honte d'avoir repoussé Keith quand il avait reçu ses pouvoirs, pensant que son meilleur ami allait tout raconter à tout le monde. Voilà une autre excuse à ajouter à sa liste. Il aurait besoin d'une ceinture à outils pour toutes les barrières qu'il devait réparer.

Le professeur disait quelque chose. Je suis désolé, professeur. J'étais perdu dans mes pensées ; pourriez-vous répéter ?

— Je te demandais si tu allais bien. J'espère que je ne t'ai pas bouleversé, dit-elle, un léger froncement de sourcils plissant sa peau de papier.

Quel âge a-t-elle ?

Tom se rappelait de son cours sur les Êtres Magiques à L'Académie que les sorcières pouvaient vivre jusqu'à trois cents ans, bien que la moyenne soit d'environ cent soixante-quinze ans à l'époque moderne.

— Je vais bien. Je pensais seulement à quel point ça aurait été agréable d'avoir des tantes et des oncles et des cousins. Il n'y avait que Tabitha et moi. Devant l'expression abattue du professeur, il ajouta rapidement : nous avions beaucoup d'amis dans la Communauté des Voyageurs.

Elle se contenta de hocher la tête et jeta un coup d'œil à l'horloge murale. Tom prit cela comme son signal pour partir. Il se demanda s'il devait lui serrer la main, ou s'incliner, ou faire quelque chose pour montrer son respect. C'était vraiment une merveilleuse vieille dame.

Finalement, il choisit d'incliner la tête tout en la remerciant pour le thé et les gâteaux, et pour ce voyage dans le passé.

— C'était un plaisir, jeune homme. Reviens quand tu veux !

— Merci. J'ai hâte d'être en cours lundi, dit Tom et il réalisa qu'il était effectivement très impatient de revenir. Non seulement son cours serait très agréable, mais Tom avait le sentiment qu'elle serait une source d'informations précieuses.

CHAPITRE DIX-SEPT

Tom trouva ses autres salles de classe assez facilement dans le bâtiment principal. On avait organisé ses cours du matin dans l'aile nord tandis que ses cours de l'après-midi étaient spécifiques à sa spécialité. Cela faciliterait ses déplacements ; il penserait à porter une couche supplémentaire le matin.

Bien que Mandy lui ait fait visiter lors de sa première visite, Tom s'offrit une nouvelle visite, s'aventurant cette fois jusqu'aux troisième et quatrième étages. Il y avait un cinquième étage, mais les portes étaient verrouillées et l'accès était interdit aux étudiants.

Quand il revint sur la cour principale, c'était l'heure du déjeuner. Aucun signe de ses amis en parcourant la cafétéria du regard. Ils étaient probablement rentrés chez eux pour le week-end. Tom réalisa qu'il n'était pas obligé de rester sur le campus. Il pourrait facilement utiliser une Porte pour faire l'aller-retour à l'école chaque jour. Ce qui aurait été une excellente solution si l'atmosphère à la maison avait été ne serait-ce que vaguement attirante. Ou même si cela avait été sûr de le faire.

Néanmoins, quand Tom finit de manger, il déposa son plateau et quitta la cafétéria, déterminé à rentrer chez lui pour une heure ou deux afin d'informer sa mère de ce qui s'était passé. Si elle était à la maison, elle serait heureuse de le voir.

Il se dirigea directement vers l'entrée principale et sortit. La brise glaciale de la côte en cette fin mars l'assaillit, et il se réprimanda à nouveau de ne pas s'être habillé plus chaudement.

Je ne suis plus à l'Académie dans une bulle à température contrôlée.

Il sortit sa Clé et rentra chez lui par sa Porte. Tout était calme dans l'appartement londonien. Un rapide tour des lieux confirma que ni sa mère ni sa sœur n'étaient présentes. Il aurait dû savoir qu'elles seraient parties s'amuser avec leurs amis respectifs, maintenant que les restrictions de déplacement avaient été levées.

Tom regarda sa montre. Il était un peu plus d'une heure trente, ce qui faisait neuf heures trente en Virginie. Lola serait réveillée, et Tom savait que toute la famille se levait tôt. Il décida de tenter une visite surprise. S'il appelait, il y avait de fortes chances que Lola, ou Devlin d'ailleurs, refuse de le voir.

Il invoqua à nouveau sa Porte et sortit devant la porte d'entrée des Evers. Déjà vu. Il sonna et fut soulagé que Lola elle-même ouvre la porte. Elle sembla d'abord heureuse de le voir, puis parut se rappeler qu'elle était en colère contre lui et réarrangea son visage en un froncement de sourcils peu convaincant.

Elle est adorable.

C'était bon signe. Elle ne voulait pas être en froid avec lui. À vrai dire, Lola n'aimait être en froid avec personne, jouant toujours les pacificatrices entre les parties en désaccord. Pourtant, elle fit mine de lui fermer la porte au nez.

— Lola, écoute-moi. Tu avais raison. Toi, Devlin et le Directeur Lianon aviez raison à mon sujet. J'ai changé.

Elle plissa les yeux, s'écarta et lui fit signe d'entrer d'un hochement de tête.

Jusqu'ici tout va bien.

Elle regarda en arrière et vers le haut, en direction de l'escalier. Tom était à peu près sûr qu'elle ne l'invitait pas dans sa chambre. Il n'avait vu sa chambre qu'une seule fois, lors d'une rapide visite de la maison, avec Devlin qui les suivait comme leur ombre. Non, elle appelait probablement son frère par télépathie. En effet, Devlin dévala les marches, les yeux rivés sur Tom comme s'il se préparait à un combat.

Lola leva une main. — Il est venu s'expliquer. Je pense qu'on devrait l'écouter.

— Tom, dit Devlin, croisant les bras dans sa pose habituelle de protecteur.

— Devlin, répondit Tom, affichant un de ses sourires charmeurs sans aucun effet.

— Pouvons-nous nous asseoir au salon ? demanda Lola, faisant un geste vers la droite et offrant une imitation très convaincante d'une maîtresse de maison du Sud. Tom acquiesça et la suivit dans le couloir jusqu'au salon.

Elle choisit l'un des fauteuils individuels et Devlin se précipita pour prendre l'autre. Tom s'assit seul sur le canapé, faisant maladroitement face à ses interrogateurs. Tom était nerveux et ne savait pas par où commencer. Il tripotait ses doigts, douloureusement conscient de l'absence de la bague de son père.

C'est un bon point de départ.

Il leva la main pour leur montrer. — Je ne porte plus ma bague.

Ils froncèrent les sourcils et se regardèrent. Tom continua.

— Voyez-vous, elle a été échangée pendant mon altercation avec Le Maître. Il l'a maudite. Elle me rendait fou, en colère, paranoïaque. Tout ce que vous disiez que j'étais, mais je ne pouvais pas le voir.

L'expression de Lola fut la première à s'adoucir. Devlin se contenta de lever le menton, comme pour dire « j'ai besoin de plus d'informations ».

— Comment l'as-tu découvert ? demanda Lola, se penchant au bord de son siège pour l'observer avec inquiétude.

Tom sourit et relâcha le souffle qu'il retenait. Elle le croyait. Le soulagement le rendit presque euphorique.

— Harding a engagé une sorte de tuteur pour moi, et je l'ai rencontré par hasard dans le gymnase hier soir, commença Tom. Il possède deux des pouvoirs les plus cool que j'aie jamais entendus. Il peut ralentir le temps et il peut sentir le mal par le toucher.

Le sourcil de Devlin se leva à ces mots et le froncement disparut de son visage. Tom n'était peut-être pas encore tiré d'affaire, mais Devlin s'intéressait à ce qu'il avait à dire.

— Que veux-tu dire par « sentir le mal par le toucher » ? demanda Devlin.

— Il a dit que s'il tient ou serre la main de quelqu'un, il peut sentir si cette personne est maléfique, répondit Tom.

— Et il pensait que tu étais maléfique ? s'écria Lola, une main volant pour couvrir sa bouche.

Tom baissa la tête. — C'est ce que j'ai pensé au début, aussi. Je veux dire, l'idée d'être maléfique parce que j'avais la Magie de sang était toujours présente dans un coin de mon esprit. Mais non, il a dit qu'il sentait le mal venir de la bague.

— Mais comment peut-on maudire une bague pendant que tu la portes ? demanda Lola.

— Je l'ai perdue pendant la lutte avec le Sorcier, répondit Tom, espérant qu'aucun des deux n'insisterait pour avoir plus de détails. Elle n'est restée hors de mon doigt que pendant quinze minutes tout au plus. Je l'ai retrouvée par terre juste avant de passer par le Portail avec le Directeur Lianon.

Devlin regarda Lola et elle se contenta de secouer la tête. Tom détestait quand ils avaient ces conversations silencieuses. Il aurait aimé faire partie de ce qu'ils se disaient.

— Et tu penses que c'est à ce moment-là que la bague a été maudite ? demanda Lola.

— Je ne sais pas. Le Maître aurait pu maudire une réplique de la bague et l'échanger quand j'étais distrait, répondit Tom. Il n'aimait pas garder des secrets pour Lola, ou Devlin d'ailleurs, mais il avait peur de la façon dont elle le regarderait quand elle découvrirait qu'il avait tué un homme.

— Emmet, le tuteur, l'a apportée au Professeur Montague pour qu'elle puisse l'examiner et voir si la malédiction peut être levée. J'en saurai plus demain. Je voulais juste vous tenir au courant.

— C'est une bonne chose que ce tuteur l'ait remarqué ; on ne sait pas combien ça aurait pu empirer si tu avais continué à porter la bague, dit Lola, un frisson parcourant son corps à cette pensée.

Devlin fronçait toujours les sourcils. Tom voyait qu'il avait d'autres questions, mais il ne les formulait pas. — Oui, tu as beaucoup de chance.

Lola se leva et vint s'asseoir à côté de Tom sur le canapé, passant un bras autour de lui tout en l'embrassant sur la joue. — Je suis contente que tu sois redevenu toi-même. J'étais vraiment inquiète pour toi, dit-elle en appuyant sa tête contre son bras. Tom sentit une vague d'émotions monter en lui. Ses yeux le piquaient et sa gorge se serrait ; il ne pouvait pas parler. Il regarda Devlin qui s'agitait, mal à l'aise dans son fauteuil avant de se lever.

— Je vais aller voir les jumeaux, dit-il avant de quitter la pièce sans attendre de réponse.

Tom leva son bras et attira Lola contre lui. Quand elle se blottit contre lui et soupira, il déposa un doux baiser sur le haut de sa tête et se contenta de la tenir. Et juste comme ça, tout allait bien dans le monde.

CHAPITRE DIX-HUIT

Tom et Lola passèrent la matinée ensemble et il resta pour le déjeuner. C'était exactement comme le rendez-vous qu'il avait imaginé avoir la veille ; ils ont regardé un film, se sont embrassés sur le canapé, et ont parlé d'avenir. À plusieurs reprises, il a pensé parler à Lola de la lance de sang et du Sorcier, mais il n'était simplement pas prêt. Moins les gens étaient au courant, mieux c'était.

À la place, Tom lui a raconté sa rencontre avec Emmet et sa visite du passé avec le Professeur Bellamy. Certes, ce n'était pas comparable à une Marche Temporelle comme ils l'avaient fait avec le Professeur Ballantyne, mais c'était amusant. Lola était d'accord que la vieille Sorcière se révélerait probablement être une mine d'informations.

Trop vite, il fut temps pour Tom de retourner à l'école. Les étudiants devaient être rentrés dans les dortoirs pour vingt heures le dimanche soir afin de s'assurer une bonne nuit de repos. Tom avait aussi hâte de revoir ses nouveaux amis.

— J'ai passé un super moment, Tom. Merci d'être venu. Tu avais raison, on avait besoin de passer du temps loin de l'école et de tous les drames récents, dit Lola, les bras autour de sa taille en le regardant.

Elle était tellement adorable. Tom ne put résister à l'envie de l'embrasser sur le bout du nez. Elle rit et essuya son nez sur la chemise de Tom. — Ça chatouille !

— Promets-moi qu'on ne laissera plus ces choses s'interposer entre nous, dit Tom, devenu sérieux. Je sais que j'ai été un idiot, et j'aurais dû te croire quand tu essayais de me faire entendre raison. C'est clair maintenant, mais c'était tellement difficile à voir, juste un brouillard de déni et une horrible incapacité à affronter la réalité. Peut-être qu'on devrait avoir un mot de code.

— Quoi, comme si je dis pastèque au milieu d'une conversation ? Comme ça tu sauras que tu te comportes comme un crétin ? dit-elle en riant à cette idée.

— Ou je pourrais dire écureuil quand j'ai l'impression que tu exagères, répondit Tom. Lola lui donna une tape ludique derrière la tête. — Ça marche !

— Je ne peux pas te promettre d'écrire tous les soirs cette semaine, mais on pourrait se donner des nouvelles en milieu de semaine. Pour faire des projets pour le week-end prochain, d'accord ? Tom savait que Lola aimait planifier. Elle aimerait ce plan. Et il n'avait pas tort. Elle se dressa sur la pointe des pieds, s'appuyant sur ses épaules, et l'embrassa.

— Ça me semble parfait, Tom. Maintenant, file avant d'avoir des problèmes, dit-elle.

Tom regarda sa montre. C'était étrange qu'il ait déjeuné deux fois aujourd'hui mais qu'il saute complètement le dîner à cause du décalage horaire. Il serra Lola une dernière fois dans ses bras et l'embrassa jusqu'à ce que ses jambes commencent à fléchir.

— Tom ! Où étais-tu passé ? demanda Benny quand Tom entra dans la salle commune. Il était assis avec un groupe de personnes, dont Mandy et Zaina.

— Je pourrais vous poser la même question, dit-il en se laissant tomber sur le canapé de cuir usé à côté de Mandy. J'ai été ici tout le week-end.

— On est rentrés chez nous, bien sûr ! répondit Benny.

Le visage toujours joyeux de Mandy s'assombrit. — Tu n'as pas le droit de rentrer chez toi les week-ends ? demanda-t-elle.

— Non, c'est juste que j'ai passé plus que suffisamment de temps avec ma famille pendant les vacances de printemps et je pensais traîner avec vous à la place, répondit Tom.

— Désolée, mec. Mais on passe déjà assez de temps à l'école pendant la semaine. Certains d'entre nous ont une vie ! ajouta Zaina.

— Ah bon ? Quels genres de bêtises as-tu faites alors ? demanda Benny, tapotant ses doigts en tente et remuant les sourcils.

Tom était impatient de découvrir ce que Zaina faisait pendant son temps libre. Il était aussi surpris que le groupe ne passe pas de temps ensemble en dehors de l'école. Il savait que la plupart de ses amis de l'Académie se retrouvaient le week-end et il avait toujours été vexé de rater ces occasions parce qu'il était mineur.

D'après ce que Tom savait, Benny, Zaina et Mandy avaient plus de dix-huit ans et s'étaient rencontrés au début du semestre d'automne.

— Ma grande sœur est rentrée pour le week-end. Elle s'est disputée avec son copain, ce qui est triste, mais je ne l'avais pas vue depuis les fêtes. On est allées faire du shopping, on a mangé des sushis dans un nouveau restaurant à Glasgow... expliqua Zaina avant que Tom ne l'interrompe.

— Tu vis à Glasgow ? demanda-t-il. C'est seulement à ce moment qu'il réalisa qu'il n'avait jamais pensé à demander d'où venaient ses nouveaux amis.

— Ouais. Tu pensais que je vivais où ? demanda-t-elle, les yeux plissés.

— Je n'en avais aucune idée. C'est juste que tu as un accent britannique... dit Tom. Pour être honnête, il s'attendait à ce qu'elle dise qu'elle venait d'un pays du Moyen-Orient. Avec ses cheveux bruns bouclés et ses yeux encore plus sombres, il n'était pas sûr de ses origines.

— Ah, c'est vrai. J'oublie. Ma mère est diplomate, alors on déménage souvent.

Désireux de changer de sujet, Tom posa une autre question qui lui brûlait maintenant les lèvres.

— Comment rentrez-vous chez vous ? demanda-t-il, regardant d'abord Benny, puis Zaina, et enfin Mandy.

— Benny, où vis-tu ? Mandy, tu as dit que tu étais américaine. Tu vis au Royaume-Uni alors ?

Benny répondit en premier. — Je viens de Londres, né et élevé à Richmond. Quant à comment on rentre chez nous, ce n'est pas aussi pratique que ta Porte, mais on utilise des jetons de Portail.

Devant l'expression confuse de Tom, Mandy intervint. — Je vis dans le Vermont, près de la frontière canadienne. Les jetons de Portail, dit-elle en sortant une pièce en cuivre de sa poche pour la montrer à Tom, sont enchantés et donnés aux étudiants pour qu'ils puissent voyager entre leur maison et l'école.

Tom prit la pièce. Elle était un peu plus grande qu'une pièce de deux euros, mais moins lourde. Il y avait le blason de l'Académie Harding d'un côté, et le nom de Mandy de l'autre. Il la lui rendit.

— Mais ça ne fonctionne que deux fois par semaine à des moments précis : entre seize et vingt heures les vendredis et dimanches. Si on tombe malade et qu'on doit rentrer, ou si on a oublié un manuel, alors on doit appeler l'école et demander une autorisation spéciale, ajouta Zaina.

— Donc, pas question de sécher les cours ? demanda Tom avec un petit rire.

— Pas avant *ton* arrivée, répondit Zaina, se frottant les mains comme si elle élaborait un plan diabolique.

Tom leva les mains en signe de protestation. — Je plaisantais ! Je n'ai jamais séché les cours avant, et je ne vais pas commencer maintenant. De plus, je suis presque sûr qu'ils me surveillent de près.

Quand il était au lycée ordinaire, il n'aurait jamais osé. Son père lui aurait fait un de ces sermons qui sont bien pires que de se faire crier dessus. La peur de décevoir son père l'avait maintenu dans le droit chemin. Une fois à l'Académie, la question était sans objet puisqu'ils ne pouvaient pas quitter le monde parallèle en semaine.

— Comment ça marche ? demanda-t-il.

Benny se leva et se plaça au milieu de l'espace de détente. Il sortit sa propre pièce et la lança devant lui comme s'il la jetait dans une fontaine. Elle parcourut environ un mètre vingt avant de sembler heurter un mur invisible qui se transforma en un Portail circulaire, très semblable à ceux qu'utilisaient les Hauts Elfes. Il était rond et couvert d'un miroitement semblable à de l'eau. Quand Benny tenta de traverser, la barrière ne le laissa pas passer et il fut repoussé.

— Tu vois ? Il ne me laissera pas passer, dit Benny. Il tendit la main et attendit un moment. Le Portail tourna sur lui-même et rétrécit jusqu'à ce qu'il soit de la taille de la pièce et tomba dans la paume de Benny.

— C'est trop cool ! dit Tom. Vous voulez voir comment ma Clé fonctionne ?

Tout le monde éclata de rire et Tom se demanda s'il avait manqué une blague. Mandy posa une main sur sa cuisse et dit : — Désolée d'être celle qui te l'annonce, Tom, mais tu n'es pas le premier Voyageur à honorer ces couloirs de ta présence.

— Mais tu *es* le premier Mage de Sang que quiconque ait jamais vu ! dit Benny avant d'ajouter : J'ai hâte de voir ce que tu peux faire d'autre !

— Toi et moi aussi, Benny, répondit Tom avec un sourire.

— Alors, dis-nous, Tom. Qu'est-ce qui t'a fait sauter le pas ? demanda Zaina. Voyant l'expression vide de Tom, elle ajouta : Changer d'école. Tu semblais très attaché à ta petite amie et à son frère suédois.

La façon dont elle le dit sonnait un peu critique aux oreilles de Tom, et il regarda le visage de Zaina pour voir si son expression correspondait à son ton. Elle arborait un sourire agréable, trop agréable pour être autre chose que du sarcasme. D'une minute à l'autre, Tom imaginait qu'elle pourrait commencer à battre des cils pour prouver ses intentions innocentes.

Cette fille a du mordant.

Ils le regardaient tous, attendant sa réponse. C'était évident, non ? Il avait besoin d'acquérir des connaissances et des compétences pour vaincre Le Maître, et une école pour Voyageurs n'allait pas suffire. Tom eut le sentiment que ce n'était pas ce que ses amis voulaient entendre.

— En fin de compte, ça s'est résumé à l'endroit où je me sentais le plus soutenu. Quand j'ai été attaqué à Harding, vous m'avez soutenu, et je ne l'oublierai jamais.

À ce moment-là, Marvin, leur surveillant de dortoir, passa la tête par la porte et leur dit de se disperser. — Extinction des feux dans trente minutes.

— C'est ça ! Je suis content que tu saches qui sont tes vrais amis, dit Benny, donnant une tape dans le dos de Tom tandis qu'ils se dirigeaient vers leurs chambres.

— Les gars ! On est comme les Quatre Mousquetaires ! dit Mandy d'une voix chantante. Allez, câlin de groupe !

Elle agitait les mains en l'air, leur faisant signe d'approcher. Benny attrapa le bras de Tom et l'attira vers Mandy. Quand Zaina fila droit vers sa chambre, Benny la figea sur place.

— Benny, je te jure sur la tête de Dieu, si tu ne me défiges pas tout de suite, je vais t'attacher à ton lit toute la nuit avec les Cordes Dorées. On verra comment tu apprécies de te pisser dessus au matin, dit Zaina entre ses dents serrées. Bien que son corps fût figé, elle pouvait encore parler à travers ses lèvres partiellement ouvertes.

— Juste une seconde, Zaina, dit Benny, attirant les trois autres autour de Zaina pour le câlin de groupe. Dès qu'ils furent réunis, il la défit de son sort. Elle les repoussa mollement et aboya : — Lâchez-moi, bande de tarés !

Tout le monde éclata de rire et se dispersa pour se préparer à aller au lit.

CHAPITRE DIX-NEUF

Tom s'habilla et ajouta les affaires dont il aurait besoin pour ses cours du matin dans son sac à dos. Il n'oublia pas d'y glisser un pull.

Au petit-déjeuner, ses amis le taquinèrent sur le fait qu'il devait suivre des cours de niveau lycée tous les matins.

— J'oublie que tu es nouveau dans ce monde de magie, dit Benny. Tu vas adorer le Professeur Bellamy.

Tom expliqua qu'il avait rencontré le vieux Sorcier la veille en cherchant ses salles de classe.

— Ne mange pas les bonbons sur le bureau du Professeur Filigree, conseilla Mandy. Ils ont un goût horrible, et la plupart te vaudront un voyage urgent aux toilettes.

— C'est noté. Merci pour l'avertissement. Comment est le Professeur Hilltop comme enseignant ? Je ne l'ai vu qu'une fois quand il a essayé d'enlever les bracelets maudits.

— Ne pose pas de questions stupides et tout ira bien, dit Zaina entre deux bouchées de céréales.

— Comment définirais-tu une question stupide ? demanda Tom, ironiquement.

— Ça, c'est une question stupide, répliqua Zaina, lançant à Tom un regard glacial avant de reprendre son repas.

— Ce que Zaina veut dire, c'est que tu devrais toujours vérifier tes notes ou le manuel avant de lui poser une question, sinon il pensera que tu n'es pas attentif et se mettra très en colère, expliqua Mandy.

— Va-t-il me transformer en crapaud ? demanda Tom, riant de sa propre blague.

— Il pourrait ! répondit Benny. Mais il te donnera probablement juste une retenue.

— Une retenue ! Je n'ai jamais eu de retenue. C'est comment ? On recopie des lignes sur une feuille de papier ? demanda Tom.

— Pire ! Il te fait prendre des notes pour lui. Il écrit ses mémoires depuis des années et ne se donne pas la peine d'apprendre à utiliser un ordinateur, ou même de les écrire sur papier. Alors, il dicte son histoire de vie aux pauvres élèves sans méfiance qui ont encouru sa colère, expliqua Benny, se frottant la main comme s'il venait tout juste de sortir du bureau du professeur.

— Compris ! dit Tom. Il scruta la salle, cherchant Arturo.

— Qui cherches-tu ? demanda Zaina.

— Arturo. Je ne l'ai pas vu depuis que j'ai appris que je changeais d'école.

— Il est probablement en train de tenir sa cour dans le patio, répondit Zaina en levant les yeux au ciel.

— Quels cours avez-vous cet après-midi ? Est-ce que j'ai une chance de vous voir ? demanda Tom, changeant de sujet avant que Zaina ne commence sa vendetta contre Arturo. Même si Arturo avait été là pour Tom pendant l'attaque, elle n'était pas prête à lui accorder le moindre mérite. Tom, pour sa part, espérait se faire un ami d'Arturo, maintenant qu'il avait gagné le respect de l'étudiant plus âgé.

— Les cours de l'après-midi sont spécifiques à ta spécialité, dit Mandy. Je me spécialise en Biochimie et Pharmacologie, donc j'ai un cours de Biologie Cellulaire cet après-midi.

Tom fixait Mandy bouche bée. — Wow, tu dois être vraiment intelligente, alors !

Mandy rit et rejeta ses longs cheveux blond miel par-dessus son épaule. — Plus qu'un joli minois, hein ? Tom ne put qu'acquiescer. Il l'avait prise pour une étudiante en littérature. Se tournant vers Benny, il demanda : — Et toi ?

— Rien d'aussi impressionnant, j'en ai peur. Je me spécialise en Études Cinématographiques. Le cours du lundi porte sur les débats en théorie du cinéma, dit Benny.

— Je n'ai aucune idée de ce que ça veut dire, dit Tom, secouant la tête et riant nerveusement.

— En gros, c'est sur la façon dont la culture populaire et la culture mondiale influencent les tendances dans la réalisation de films.

Cela n'éclaircissait pas vraiment les choses, alors Tom dit : — D'accord, bonne chance avec ça !

Tom se tourna pour interroger Zaina, mais elle le devança.

— Et toi, tu te spécialises en quoi ? demanda-t-elle.

— Relations Internationales, répondit Tom. Le cours du lundi s'intitule très banalement : Introduction aux Relations Internationales, dit Tom, lisant son emploi du temps. À ton tour, Zaina.

Elle lui fit un sourire narquois et répondit : — Devine !

Tom savait que c'était un piège. Quoi qu'il dise, elle risquait de s'offenser. Il regarda Mandy, espérant un indice, mais la jeune fille leva les mains comme pour dire « tu es tout seul » !

Benny secouait la tête. — Je ne dis pas un mot.

Tom repensa à tout ce qu'il avait appris sur Zaina jusqu'à présent. Elle était l'une des meilleures joueuses de Planche d'Équilibre de l'école, donc elle était en forme, rapide et agile. Elle possédait ce qui était apparemment un pouvoir rare de manier des artefacts et des armes magiques. Pour les maîtriser, elle avait dû faire beaucoup de lectures. Elle était intelligente et courageuse, c'était évident. D'après ce qu'elle avait dit sur la visite de sa sœur, elle était loyale et, malgré les apparences, savait se détendre de temps en temps.

Tom se pencha en arrière dans sa chaise et mit ses mains derrière sa tête tout en scrutant le plafond pour y chercher une révélation. Rien. Il essaya de l'imaginer dans diverses activités académiques : en blouse blanche de laboratoire, dans un gymnase, dans un atelier d'art, dans un débat animé – elle serait douée pour ça. Quand suffisamment de temps se fut écoulé et que ses amis commencèrent à lui dire de faire une supposition au hasard, Tom prit une profonde inspiration et dit : — Archéologie.

Il s'attendait à ce que tout le monde éclate de rire, mais ce fut le silence total.

— Comment as-tu deviné ça ? demanda Zaina.

Tom rougit. S'il n'avait pas deviné juste, il devait être proche. Elle n'était pas en colère, déjà. En fait, elle semblait un peu stupéfaite.

— Eh bien, tu as dit que ta famille déménageait beaucoup. J'ai supposé que cela signifie que tu as pas mal voyagé et que tu parles probablement plusieurs langues. Honnêtement, l'image qui m'est venue à l'esprit était de te décrire comme une Indiana Jones au féminin, ou mieux encore, Lara Croft.

Cela les fit tous éclater de rire. — Lara Croft ? Tu crois que je ressemble à Lara Croft ? demanda Zaina, visiblement offensée.

— Elle est CANON ! intervint Benny, ce qui lui valut un regard meurtrier de Zaina.

— Et c'est une vraie dure à cuire ! ajouta Mandy.

Bien que Tom fût amusé, il voyait que Zaina ne l'était pas. — Je n'ai pas dit que tu ressemblais à Lara Croft, j'ai dit que je t'imaginais comme l'équivalent féminin d'Indiana Jones, et Lara Croft est la seule que je connaisse. Il ne s'agit pas d'apparence, mais de tes compétences de folie !

Quelque peu apaisée, Zaina fit une moue exagérée et dit : — Eh bien, tu avais raison. Je me spécialise *effectivement* en Archéologie. Puis, retrouvant sa bonne humeur, elle ajouta : — Mon cours du lundi s'appelle Artefacts et Matériaux et c'est fascinant !

La cloche sonna avant qu'elle ne puisse développer. Tout le monde se dispersa vers différentes parties de l'école. Tom traversa le patio pour se rendre à son cours, espérant apercevoir Arturo. Le patio était vide, et Tom se dépêcha pour ne pas être en retard.

Il y avait quatre cours de cinquante minutes le matin. Ces quatre mêmes cours apparaissaient sur l'emploi du temps de Tom chaque jour, mais changeaient de créneau tout au long de la semaine. Le lundi, son premier cours était Magie Défensive et Offensive avec le Professeur Hilltop.

Tom arriva à son premier cours de Magie Défensive et Offensive quelques minutes en avance. Il entra dans la salle et vit le Professeur Hilltop écrivant quelque chose au tableau. Tom s'assit à l'une des places vides et attendit le début du cours.

La salle de classe rappelait à Tom la salle des Voyageurs à l'Académie : une partie était remplie de tables et de chaises, et une autre était cloisonnée et ne contenait aucun meuble. Tom supposait que c'était là qu'ils mettraient les choses en pratique.

Dès que les autres élèves commencèrent à arriver, le Professeur Hilltop se retourna et se présenta. Il dit à la classe qu'ils apprendraient à se défendre contre les attaques magiques psychiques.

La première partie du cours était consacrée à la défense. Sans doute pour le bénéfice de Tom, le Professeur Hilltop passa en revue les différents types d'attaques magiques et comment les bloquer. Tom était très attentif, car il n'avait pas réalisé qu'il existait autant de sorts qu'il pouvait utiliser pour désarmer un adversaire. Il prit de nombreuses notes.

La seconde partie du cours portait sur l'offensive. Le Professeur Hilltop fit s'associer les élèves par paires et les fit venir à l'avant de la classe pour exécuter divers sorts offensifs non mortels. Tom fut surpris de voir à quel point certains sorts étaient simples. Cela lui rappela sa conversation avec le Directeur Lianon et il se promit de réviser le Manuel du Voyageur dès que possible. *Maîtrise les compétences que tu connais déjà.*

À la fin du cours, Tom avait l'impression d'avoir beaucoup appris. Il avait hâte d'assister au prochain cours et d'essayer les sorts qu'il avait appris.

Le premier cours de Potions et Alchimie de Tom fut définitivement intéressant. Le Professeur Filigree commença par leur enseigner les bases de la transformation d'objets solides en sable. En fait, il appelait cela Pulvérisation ; le résultat n'était pas vraiment du sable. L'objet était réduit en particules minuscules, qui ressemblaient plus ou moins à du sable. Le professeur insista pour leur fournir une explication scientifique plutôt compliquée au point où Tom n'était pas sûr de pouvoir y arriver. En pratique, cependant, c'était en réalité très simple. La clé était de produire de la chaleur par friction entre les mains et d'entourer l'objet tout en concentrant sa magie. Après quelques tentatives, Tom réussit finalement à prendre le coup de main. Cette astuce serait définitivement utile.

Le reste du cours passa comme un éclair alors que Tom luttait pour suivre les explications du Professeur. Il réussit à prendre quelques notes, mais il était encore assez confus à la fin du cours. Dans l'ensemble, cependant, il trouva que c'était une expérience plutôt intéressante et il avait hâte d'en apprendre davantage lors des prochains cours.

Ensuite, Tom entra avec enthousiasme dans son premier cours de Lancement de Sorts, qu'il pensait être facile puisqu'il avait déjà suivi des cours de Lancement de Sorts à l'Académie. Son latin était correct, et bien qu'il eût oublié beaucoup de sorts de base du Manuel, il était sûr de pouvoir suivre. De plus, Tom avait hâte de découvrir ce que le Professeur Montague avait à dire au sujet de sa bague. Il avait espéré lui demander dès son arrivée dans la salle de classe, mais elle était occupée avec un autre élève.

Le Professeur Montague ne fit pas toute une histoire de la présence de Tom comme certains des autres professeurs l'avaient fait. Elle reconnut sa présence avec un petit sourire et commença la leçon du jour : les bases de l'assemblage de sorts, en utilisant des sorts qu'ils connaissaient déjà.

Tom fut rapidement capable d'assembler quelques sorts simples et créa bientôt des sorts complexes. Il se fit une note mentale d'apporter le Manuel en classe le lendemain, car cela serait utile s'ils devaient assembler davantage de sorts.

Il devint rapidement l'un des meilleurs élèves de la classe, à la surprise des autres élèves qui étaient là toute l'année. Une fois qu'il fut révélé qu'il était un Voyageur, la nouveauté s'estompa et les élèves recommencèrent à vénérer l'élève vedette actuel.

Quand la cloche sonna, Tom resta et attendit près du bureau du

Professeur Montague. Ce n'était pas la même salle qu'ils avaient utilisée pour tester les pouvoirs de Tom. Le Professeur semblait tout à fait à l'aise dans le grand amphithéâtre. Peut-être qu'elle enseignait aux deux niveaux, et c'était la salle qu'elle utilisait pour les élèves du lycée.

— Que puis-je faire pour toi, Tom ? demanda la Sorcière quand tous les autres élèves furent partis.

— Je me demandais si vous aviez eu l'occasion d'examiner ma bague, dit Tom, espérant qu'elle l'avait non seulement examinée mais avait aussi trouvé un moyen de rompre la malédiction pour qu'il puisse la récupérer.

Les sourcils du Professeur Montague se froncèrent, et elle donna à Tom l'un de ses regards impatients du genre « viens-en au fait ». Comme Tom ne disait rien de plus, elle demanda : — Je suis confuse, Tom. J'ai examiné ta bague il y a des semaines et te l'ai rendue. Es-tu en train de dire que tu l'as perdue ?

Un frisson parcourut le dos de Tom. Tom secoua la tête ; il ne devait pas l'avoir bien entendue. Ou peut-être qu'elle l'avait mal compris. Elle était vieille, après tout. Il parla un peu plus fort la seconde fois.

— Professeur Montague, Emmet a pris ma bague hier et a dit que vous l'examineriez et, si possible, trouveriez un moyen de rompre la malédiction, dit Tom, articulant clairement chaque mot.

— Miséricorde, Tom. *De quoi* parles-tu ? Qui est Emmet ? Pourquoi ta bague serait-elle maudite ? Et *pourquoi* cries-tu ?

Les questions arrivèrent à Tom en succession rapide et avec un volume croissant. Il avait agacé le Professeur Montague.

— Peut-être devrais-je commencer par le début, dit Tom.

— Peut-être que tu devrais, répondit le Professeur.

Tom raconta comment il avait trouvé Emmet dans le gymnase et tout ce qui s'était passé depuis. Bien qu'elle fût souvent brusque avec Tom, le Professeur Montague était l'une des personnes en qui Tom avait appris à avoir confiance. Tom lui fit un compte rendu complet des activités du dimanche, y compris sa visite à Lola et Devlin.

— Dis-moi ce qui s'est passé avec la bague ce jour-là chez toi. Le Directeur Lianon n'a jamais mentionné que quelque chose n'allait pas avec ta bague, demanda-t-elle. Elle était assise à son bureau et avait commencé à prendre des notes dans un petit carnet relié en cuir.

— Quand je combattais le Sorcier, il a attrapé ma main pour éviter de tomber. Tandis qu'il reculait en trébuchant, la bague est partie avec lui. J'ai oublié la bague pendant que j'essayais de le sauver, mais juste avant que le Directeur ne me pousse à travers le Portail, je l'ai vue par terre et je l'ai ramassée.

La main du Professeur volait à travers la page. Tom fit une pause pour la laisser finir ses notes. — Je vois, répondit-elle finalement.

— Et es-tu certain que celle que tu as ramassée était bien ta bague ? Aurait-elle pu être remplacée par une autre, identique ? demanda-t-elle, le regardant droit dans les yeux.

Il n'avait jamais envisagé que ce ne soit pas sa bague. Elle avait la même apparence et la même sensation. Non, attends, elle n'avait *pas* la même sensation.

— Elle me semblait identique. Mais maintenant que vous posez la question, je viens de me souvenir de quelque chose. Je la faisais constamment tourner sur mon pouce quand j'étais nerveux ou anxieux. Je n'avais jamais fait ça avant. D'une part, parce que ça ne m'était jamais venu à l'esprit. D'autre part, la bague était bien ajustée avant. J'ai supposé que j'avais perdu du poids à cause du stress de tout ça.

— Oui. C'est une supposition raisonnable. Dis-moi encore une fois comment tu te sentais et comment tu te comportais pendant que tu portais la bague depuis que tu en as été séparé.

L'estomac de Tom grogna et il s'excusa. C'était la pause déjeuner, et cela prenait plus de temps qu'il ne l'avait prévu. Comme si elle lisait dans ses pensées, le Professeur Montague sortit une baguette du pli de sa robe et la fit tournoyer au-dessus du coin de son bureau. Une assiette de nourriture se matérialisa. C'était un simple sandwich à la dinde avec une salade en accompagnement. Un autre tournoiement de la baguette produisit une fourchette, un verre d'eau et une serviette.

Comme Tom se contentait de regarder fixement la nourriture, le Professeur fit un geste vers celle-ci et dit : — Mange donc avant que tes gargouillis ne réveillent l'Ogre.

Tom avait enfoncé ses dents dans le sandwich quand ce qu'elle avait dit fit tilt. — Il y a un Ogre à l'école ? s'exclama-t-il une fois qu'il eut assez mâché sa bouchée pour parler.

— Bien sûr que non ! gloussa le Professeur Montague, ravie de sa blague.

Tom s'abstint de faire des remarques et se bourra la bouche jusqu'à ce qu'il ait terminé tout le sandwich. Pendant qu'il mangeait, le Professeur Montague posait des questions simples auxquelles il pouvait répondre par oui ou non. Elle vérifia la description physique d'Emmet et les pouvoirs qu'il avait montrés. Elle demanda également les heures approximatives des événements.

Une fois qu'il eut fini la salade, bu l'eau et essuyé sa bouche avec la serviette, le Professeur Montague claqua des doigts et toutes traces de son déjeuner disparurent.

— Bon, alors. Le seul Emmet que je connaisse a au moins quatre-vingts ans. Cependant, d'après les pouvoirs que tu as décrits, je crois qu'il pourrait s'agir d'un ancien élève. Bien qu'il ne se soit pas spécialisé en Relations Internationales. Non, je crois que le jeune homme que tu as rencontré est Alistair Callahan, ton cousin au second degré.

L'esprit de Tom tournait à toute vitesse. Il avait ressenti une parenté avec Emmet, une connexion qu'il avait attribuée à leurs intérêts communs. Il l'avait admiré, avait souhaité avoir un grand frère comme lui. Il se sentait malade. Une fois de plus, Tom s'était fait rouler. Il avait fait confiance à la mauvaise personne. Ou pas. Certes, Emmet avait volé sa bague. Mais si elle était vraiment maudite, alors il l'avait aidé. N'est-ce pas ?

Tom exprima ces réflexions au Professeur Montague.

— Sans la bague à examiner, c'est difficile à dire. Tu as dit que tout le monde autour de toi avait remarqué le changement en toi. Cela pourrait très bien être le résultat d'une malédiction. Si Emmet, ou Alistair, était dans le coup, pourquoi te prendre la bague ? Pourquoi prétendre être ici pour t'enseigner puis disparaître ?

Tom n'en avait aucune idée. Il se frotta le front du bout des doigts plusieurs fois dans l'espoir d'apaiser le mal de tête qui commençait à se former. Il avait tant de questions qui tourbillonnaient dans sa tête.

Cousin au second degré !? Qui est-ce ? Pourquoi n'ai-je jamais entendu parler de lui, et encore moins ne l'ai-je jamais rencontré avant ? Si cette personne, quel que soit son nom, *était* vraiment un parent, alors Tom voulait tellement le croire, lui accorder le bénéfice du doute qu'il puisse aider d'une manière ou d'une autre. Tom se lassait des relations compliquées. Le Professeur Montague l'observa un moment puis fit à nouveau tournoyer sa baguette. Une assiette de cookies aux pépites de chocolat et une tasse de café apparurent.

Tom prit un cookie et sourit. — Merci, Professeur. Il n'était pas un grand buveur de café, mais comme il avait encore tout un après-midi de cours devant lui, il trempa son cookie dedans et but toute la tasse.

— J'oublie que tu n'es encore qu'un garçon, dit la Sorcière, offrant à Tom l'un de ses rares sourires indulgents. Une fois que tu auras fini ton dessert, je veux que tu ailles prendre un peu d'air frais. Je discuterai de cette affaire avec la Directrice. Elle voudra peut-être te rencontrer après les cours pour voir tes souvenirs. Nous pouvons demander au Professeur Bellamy de se joindre à nous. À nous trois, nous pourrions revenir voir les événements et voir ce que tu aurais pu manquer.

— Vous pouvez faire ça ? demanda Tom et le regretta immédiatement. Le Professeur Montague lui lançait un regard glacial comme pour dire « Je suis une Sorcière de deux cents ans, je peux tout faire ».

CHAPITRE VINGT

Tom se dirigea vers la cafétéria à la recherche de ses amis, mais ne les trouva pas à leur table. Il n'était pas sûr de ce qu'il devait leur raconter des derniers événements. Suivant le conseil du professeur Montague, Tom retira sa robe, enfila son pull en laine et se dirigea vers l'arrière du château tout en reboutonnant sa robe.

Le vent mordant lui frappa le visage de plein fouet et fit un bien meilleur travail pour aiguiser ses sens que la tasse de café. Il enfonça ses mains dans ses poches et marcha vers la Tour Ouest. Ses amis n'y étaient pas. Mais Arturo, si !

Le gars était assis sur les marches extérieures, seul, avec les deux mains portées à sa bouche, comme s'il mangeait un épi de maïs. Alors que Tom s'approchait, il entendit une mélodie sortir de l'harmonica. Arturo, concentré sur son jeu, ne remarqua pas Tom jusqu'à ce qu'il entre dans son champ de vision. Il hésita un instant mais continua à jouer, gardant un œil méfiant sur Tom. Peut-être craignait-il que Tom se moque de lui.

La mélodie était belle, quoiqu'un peu triste. Quand Arturo termina son morceau, Tom applaudit en veillant à garder un sourire aussi sincère que possible. La dernière chose qu'il voulait était d'offenser

Arturo et provoquer chez lui une réaction instinctive qui pourrait s'avérer douloureuse, voire mortelle.

— C'était super, dit Tom.

— Merci. Mon Nonno me l'a appris quand j'étais petit. Il m'a laissé ça quand il est mort, dit Arturo en tenant l'harmonica dans sa main avant de le glisser dans une poche.

— Je suis désolé pour ton grand-père. Je n'ai jamais connu mes grands-parents. Ça devait être chouette de passer du temps avec lui, dit Tom, maintenant un sourire amical sur son visage.

Arturo se leva des marches et commença à marcher, faisant signe à Tom de le suivre.

Il emboîta le pas à Arturo, et ils marchèrent vers l'avant du château en silence pendant quelques minutes.

— J'ai entendu dire que tu étais revenu. Tu restes cette fois ? demanda Arturo.

— Oui. J'ai officiellement été transféré, répondit Tom, remontant sa capuche quand ils tournèrent au coin et furent frappés par une rafale du vent glacial du nord.

— C'est bien. Il y a plus à apprendre ici, dit-il.

Bien que la conversation fût maladroite, Tom était content d'avoir enfin établi un contact avec Arturo. Il était certain qu'il y avait davantage à apprendre de cet élève plus âgé.

— J'ai déjà beaucoup appris des cours de ce matin. Ils m'ont mis dans des classes de magie de niveau lycée le matin, expliqua Tom.

Arturo lui posa des questions sur ses cours et ses professeurs, et lui donna quelques conseils.

— Je ne t'ai pas vu aux repas ou dans la salle commune. Tu te caches quelque part ? demanda Tom quand la conversation retomba à nouveau.

— Non, j'ai changé de salle commune après les vacances de printemps, dit-il.

— Pourquoi ?

— Une des surveillantes a quitté l'école et on m'a proposé le poste. J'étais le suivant sur la liste, expliqua-t-il.

— Tu es en deuxième ou troisième année ? demanda Tom.

— Je suis en deuxième année. Techniquement, il faut être en troisième année pour être surveillant, mais il n'y avait personne d'autre sur la liste. Pas beaucoup de volontaires.

— Il doit y avoir des avantages, non ? demanda Tom.

— Il y en a. J'ai ma propre chambre, et elle est bien plus grande que les dortoirs. J'ai ma propre salle de bain, et je peux manger dans ma chambre si je veux.

— Ah, ça explique ton absence au petit-déjeuner, dit Tom.

— On doit quand même dîner avec tout le monde. Et aussi cool que ça puisse paraître, être celui qui dit aux autres de se calmer, d'aller se coucher, ou même de se lever, ne me rend pas très populaire.

Tom se mordit la lèvre. Bien qu'Arturo fût clairement populaire auprès des filles et des plus jeunes, Tom ne pensait pas qu'il était particulièrement apprécié par les jeunes de son âge dès le départ. Comme il essayait de se mettre Arturo dans la poche, il s'abstint de le lui faire remarquer.

Ils étaient presque à l'entrée principale quand la cloche sonna. Tom aurait besoin de porter une montre s'il ne voulait pas être en retard en cours.

— Viens me voir après les cours. Je serai à la bibliothèque pendant l'heure d'étude, dit Arturo, s'arrêtant près du couloir qui menait à l'aile des sciences.

— Je dois peut-être voir la Directrice après les cours. Je te rejoindrai si elle ne me retient pas jusqu'au dîner.

— Tu es déjà dans le pétrin, Tom ? demanda Arturo, l'air plutôt impressionné.

Tom rougit et répondit rapidement : — Non, euh, c'est à propos de mes relevés de notes. Arturo était cool, ça ne faisait aucun doute. Mais Tom aurait besoin d'en savoir beaucoup plus sur lui avant de commencer à lui révéler ses secrets. Il avait déjà fait l'erreur d'idolâtrer Emmet. Il allait rester super décontracté avec Arturo.

Arturo haussa simplement les épaules et dit : — À plus tard, gamin.

Aïe.

Il n'y avait pas le temps de chercher ses amis. Tom se rendit directement à la salle de classe indiquée sur son emploi du temps.

Le professeur, une grande Écossaise rousse nommée Professeur Anderson, l'accueillit chaleureusement et lui donna un manuel. La salle de classe était petite et comportait une grande table de réunion avec une vingtaine de chaises. Tom s'assit sur l'une des chaises vides et sortit un cahier et un stylo après avoir vérifié ce que les autres élèves avaient devant eux.

Une fois que tout le monde eut trouvé sa place, le Professeur Anderson demanda à chacun de se présenter pour Tom, tout en fournissant des informations sur les sujets qu'ils avaient abordés jusqu'à présent. Tom fut soulagé d'apprendre qu'ils avaient couvert la plupart des sujets de ses cours à L'Académie, à l'exception de ceux qui concernaient la Communauté Magique, puisque seules les implications pour les Voyageurs avaient été considérées.

Lorsque tous les élèves eurent parlé, le Professeur Anderson tira une baguette de sa manche et tapota un objet invisible dans l'air. Instantanément, un plan pour la leçon du jour apparut devant Tom, et des notes commencèrent à s'inscrire sur le tableau noir en une écriture soignée tandis que le professeur entamait sa conférence sur le marxisme.

Tom apprécia le cours et trouva son enseignante à la fois compétente et divertissante, une combinaison rare chez les professeurs d'université. Elle était aussi plutôt jolie, ce qui ne gâchait rien. Tom la remercia en quittant la classe. Elle le rappela et lui donna un bout de papier.

— Si vous avez des questions, ou besoin de notes supplémentaires pour vous rattraper, voici mes heures de bureau. N'hésitez pas. Je sais combien il peut être difficile de changer d'école en cours de semestre.

— Merci, Professeur, dit poliment Tom avant de partir. Tom n'avait pas fait plus de trois pas dans le couloir lorsqu'il entendit le Professeur Anderson le rappeler.

Il se retourna et la vit sur le pas de la porte.

— Je viens de recevoir un message de la Directrice. Elle aimerait vous voir dans son bureau.

— Merci, Professeur. J'y vais tout de suite.

CHAPITRE VINGT-ET-UN

Quand Tom arriva au bureau de Miss Clementine, les Professeurs Bellamy et Montague étaient déjà présentes.

Tom inclina la tête et, regardant chaque Sorcière tour à tour, il dit : — Bonjour, mesdames.

Miss Clementine gloussa et invita Tom à s'asseoir avec elles à la table. Divers objets rituels étaient disposés au centre : une grande bougie noire, des copeaux de bois, des pétales de fleurs que Tom ne pouvait pas identifier, et d'autres babioles.

Tom était nerveux. Bien qu'il ait apprécié ses visites dans le passé avec le Professeur Bellamy et que partager ses souvenirs avec Miss Clementine n'était pas différent de les partager avec le Directeur Lianon, cette fois-ci c'était différent. Il allait retourner sur la scène du pire jour de sa vie.

Non seulement les trois Sorcières verraient ce qu'il avait fait, mais lui aussi en serait témoin. De plus, il serait plongé à nouveau dans l'horrible souvenir d'avoir tué un homme, un Sorcier. Une boule commença à se former au creux de son estomac. Après deux jours d'espoir, l'angoisse de savoir ce qui allait se passer était terrible.

— Ne t'inquiète pas, Tom. Nous y allons juste pour une visite rapide, pour voir si nous pouvons repérer des indices supplémentaires que tu aurais pu manquer. Ne sois pas alarmé si tu vois plus de choses que ce dont tu te souviens. L'esprit aime nous jouer des tours. Et il retient beaucoup plus d'une situation que ce que nos pauvres cerveaux peuvent se rappeler, expliqua Miss Clementine.

La Directrice était à sa droite, le Professeur Montague à sa gauche, et le Professeur Bellamy lui faisait face. Les Sorcières se prirent par la main et attendirent que Tom fasse de même.

— Je veux que tu te souviennes de la première fois où tu as vu la bague, Tom, dit le Professeur Montague.

Confus, Tom la regarda. — Vous voulez dire quand j'ai reçu la bague après la mort de mon père ?

— Non. Je veux dire la première fois que tu as vu la bague. Peu importe quand c'était. Emmène-nous là dans ton esprit. Miss Clementine lira ta mémoire et la partagera. Le Professeur Bellamy nous y transportera. Je suis là pour amplifier et soutenir le cercle, expliqua le Professeur Montague.

Tom ferma les yeux et pensa à la bague. Il essayait de se souvenir d'un moment où il l'avait vue, mais son esprit restait vide. Il sentit une décharge électrique traverser sa main gauche. Le Professeur Montague l'avait électrifié d'une manière ou d'une autre et il voulut instantanément lâcher sa main. Elle tint bon et il se rappela soudain un souvenir. Il jouait dans le bureau de son père quand il était petit. Il ressentit une chute, comme celle qu'on éprouve en voyageant entre les étages dans un vieil ascenseur branlant.

Quand il ouvrit les yeux, ils y étaient. Debout dans le bureau de son père. Tom se vit jouer avec des blocs en plastique sur le sol, assemblant ce qui ressemblait à un château. Il semblait avoir cinq ou six ans. Tournant son attention vers le bureau, il vit son père, penché sur l'un de ses journaux.

— Papa ! dit-il, incapable de se retenir. Les dames ne dirent pas un mot. Tom savait que son père ne pouvait pas l'entendre.

Il écrivait régulièrement avec son stylo préféré. Celui que grand-père lui avait offert avant de mourir.

Tom essaya de regarder de plus près ce que son père écrivait mais ne put le déchiffrer.

— Allez, mon garçon, c'est l'heure, dit son père au jeune Tom.

Le garçon laissa tomber la poignée de briques qu'il tenait et courut autour du bureau pour se tenir à côté de son père. John le souleva et l'assit sur ses genoux. Il plia la page sur laquelle il écrivait, de sorte que le bord s'arrêtait juste avant le milieu du carnet. Il pressa soigneusement le bord plié. Il prit ensuite la bougie rouge qui brûlait et versa quelques gouttes de cire là où le bord des pages se rejoignait. Retirant sa bague, il la donna au jeune Tom. Guidant ses petits doigts potelés vers le bon endroit, le garçon pressa le dessus de la bague dans la cire. Il souffla délicatement dessus et retira la bague.

— C comme Callahan ! s'écria-t-il avec ravissement, en voyant l'empreinte en demi-lune que la bague avait laissée dans la cire.

John récupéra la bague et la remit à son pouce. — Cette bague sera à toi un jour, Tom.

Alors que le garçon commençait à applaudir, Tom se sentit revenir au bureau de Miss Clementine.

— Quel adorable petit garçon tu étais, Tom, s'exclama le Professeur Bellamy. S'ils avaient été plus proches, Tom était sûr qu'elle lui aurait pincé les joues. Il rougit du compliment mais ne répondit pas.

— Maintenant, emmène-nous au moment où tu as reçu la bague, dit Miss Clementine. C'était plus facile à évoquer, car cela s'était produit l'été dernier. Cette fois, la pièce semblait tourner un peu comme si la table avait pivoté sur elle-même, mais quand Tom ouvrit les yeux, il se vit assis sur son lit chez lui, lisant la lettre de son père et tenant la boîte en velours rouge.

Ils regardèrent Tom essuyer une larme du revers de la main et ouvrir la boîte. Il examina la bague un moment et la glissa à son doigt. Il s'approcha pour observer la bague afin de pouvoir la comparer avec celle qu'il portait depuis l'altercation avec Le Maître.

Les autres dames observaient également la bague, mais le Professeur Bellamy essayait de lire le contenu de la lettre. Tom lui en résuma le contenu, puis ils revinrent au présent.

— D'accord, Tom. Il est temps de nous emmener à la nuit où tu as perdu la bague, dit Miss Clementine, avec un ton d'excuse dans la voix. Tom prit une profonde respiration et ferma les yeux. Il ne voulait pas revivre tout ça, et ce n'était sûrement pas nécessaire. Mais d'un autre côté, s'ils voyaient tout depuis le début, ils comprendraient peut-être mieux la situation de Tom.

Cela devait prendre trop de temps car le Professeur Montague l'électrifia à nouveau. Tom se ressaisit et son esprit les ramena à contre-cœur au moment où le Sorcier lui avait attrapé le bras. En observant la scène d'un point de vue extérieur, Tom réalisa que tout s'était déroulé en quelques minutes. Vivre cette journée avait semblé durer une éternité.

— Peux-tu ralentir, Hilda ? demanda Miss Clementine, s'adressant probablement au Professeur Bellamy.

La scène recommença. Le Sorcier attrapa le bras de Tom. Tom tordit son poignet tandis que son autre bras poussait sur la main du Sorcier pour qu'il desserre son emprise. Mais juste avant que Tom ne puisse l'agripper, le sang qui coulait sur sa main se figea et s'étira, se transformant en une lance pointue qui s'allongeait jusqu'à traverser le milieu du corps du Sorcier. Pendant ce temps, le Sorcier tendit la main vers la bague de Tom. Alors que le Sorcier chancelait en arrière, la bague glissa du pouce de Tom.

Ils regardèrent le Sorcier s'affaisser, son sang tachant le mur. Pendant ce temps, Tom tomba à genoux et vomit sur le tapis. Il ne l'avait pas remarqué sur le moment, mais dès que ses mains avaient touché le sol, la lance s'était dissoute en une flaque de sang. Quand il s'assit sur ses talons, les bras ballants de chaque côté, la flaque de sang suivit les mouvements de Tom et remonta le long de sa main et de son bras pour se glisser dans la blessure sur son biceps. Quand la dernière goutte fut entrée, la blessure se referma sans laisser de trace.

Ils regardèrent Tom se précipiter aux côtés du Sorcier et essayer d'arrêter le flot de sang qui coulait de sa poitrine. Le Sorcier serrait le trou béant d'une main, mais l'autre main reposait sur le sol, à moitié ouverte. La bague de Tom s'y trouvait.

Quelques instants plus tard, le Directeur poussa Tom vers le Portail. La bague était sur le sol, à environ soixante centimètres, là où Tom la ramassa avant de partir par le Portail. Mais quand Tom regarda en arrière, observant toujours la vision, le Sorcier tenait encore la bague. *Il y avait deux bagues* !

— Je pense que nous en avons assez vu, dit le Professeur Montague d'un ton brusque et ils se retrouvèrent dans le bureau de Miss Clementine. Tom sentit une pression des deux Sorcières et esquissa un petit sourire, bien que ses yeux restent fixés sur la bougie noire. Il ne voulait pas lever les yeux et voir le regard que le Professeur Bellamy lui lancerait.

Il savait que c'était un accident, encore plus maintenant qu'il avait vu toute la scène se dérouler. Mais cela le faisait se sentir comme un monstre, un monstre dangereux et meurtrier. Certes, c'était génial de pouvoir guérir les gens. Mais cette chose, cette lance, était sortie de lui. Elle s'était formée à partir de son sang sous son commandement, bien qu'inconscient.

Le Maître l'avait poussé à achever, à tuer le Sorcier. Seul un être suprême devrait avoir le pouvoir de vie et de mort. Pas un garçon de seize ans. Et certainement pas un Sorcier maléfique qui voulait dominer le monde.

Au moment où Tom allait lâcher les mains des Sorcières, elles le retinrent toutes les deux. — Emmène-nous à ta rencontre avec Emmet, dit le Professeur Montague. Il avait complètement oublié Emmet.

Cette fois, la pièce se déplaça latéralement comme s'ils étaient dans un train en mouvement. La scène ralentit à nouveau, et Tom put voir quand Emmet avait pris la bague. Il était rapide ! Après avoir visionné la scène dans son intégralité, le Professeur Bellamy les ramena et ils se lâchèrent tous les mains.

Tom essuya ses mains sur ses cuisses. Elles étaient moites et ses bras lui faisaient mal d'être restés tendus si longtemps.

— Ce garçon ne s'appelle pas Emmet, dit le Professeur Bellamy. C'est Alistair. Il ressemble beaucoup à son grand-père, tu ne trouves pas, Tom ?

C'est là qu'il l'avait reconnu. Pas d'une vieille photo, mais de son voyage dans le passé.

— Je me souviens avoir pensé qu'il avait l'air familier. Mais avec les cheveux longs et l'accent britannique, je n'arrivais pas à le situer. Vous avez dit qu'il était mon cousin au second degré. Cela signifie que nos grands-pères étaient frères, des jumeaux dans ce cas. N'est-ce pas ? Quand j'ai vu Brian Callahan dans le passé, il ressemblait exactement à mon père. Mais Emmet, euh, je veux dire Alistair, ne ressemble pas du tout à mon père. Sinon, j'aurais vu la ressemblance tout de suite, dit Tom, plus pour lui-même que pour les Sorcières.

— Je crois qu'Alistair tient de sa mère, Imogene. C'est aussi de là que lui vient son accent ; il a été élevé en Angleterre, dit le Professeur Bellamy. Ce que je ne comprends pas, c'est comment il est lié à tout cela. Il a toujours été un garçon si gentil et attentionné. Je n'arrive tout simplement pas à l'imaginer de mèche avec Le Maître.

— Donc, ce qu'il a dit était vrai ? Il a étudié ici ? demanda Tom, espérant qu'Alistair se révélerait être un allié, pas un ennemi.

— Oh, oui. C'était un élève très brillant. Toujours à l'heure, très poli, diplômé avec mention si je me souviens bien, dit le Professeur Bellamy. Elle semblait se rappeler beaucoup de choses. Tom se demanda si elle pouvait parcourir le passé comme on le ferait avec un service de streaming et si c'était pour cela qu'elle pouvait se souvenir de choses qui s'étaient produites des années auparavant.

— Oui, je suis tout aussi perplexe. Alistair travaille pour le BME - le Bureau Magique Étranger. Peut-être a-t-il été en contact avec le CEBM, et ils ont demandé son aide, dit Miss Clementine, bien que son visage exprimât le doute.

— Mais pourquoi aurait-il menti sur sa présence ici pour me donner des cours ? Ou sur la réunion du personnel ? Ou pris la bague ? demanda Tom. Ça n'avait aucun sens pour lui. Au fond, Alistair avait rendu service à Tom en lui enlevant sa bague. Et comme ils avaient établi que la bague n'avait aucune valeur magique ou monétaire, le fait qu'il se soit enfui avec était vraiment intrigant.

— Ne t'inquiète pas, Tom. Nous irons au fond des choses. L'important est que tu sois en sécurité et que nous en sachions plus maintenant qu'avant, répondit Miss Clementine.

Elle se leva et les autres suivirent. Tom bondit sur ses pieds.

— Je te tiendrai au courant s'il y a de nouveaux développements, dit la Directrice, tandis qu'elle raccompagnait Tom hors de son bureau. — Merci, Miss Clementine. J'apprécie que vous me teniez informé. Je deviens anxieux quand je ne sais pas ce qui se passe.

— Je comprends, mon cher. Dès que nous en saurons plus, je te ferai prévenir. En attendant, tu n'as peut-être pas de cours particuliers, mais j'espère que tu profites pleinement de tous tes cours ?

— Oh, oui, Madame. J'ai appris plus en une journée à Harding que je n'aurais jamais pu apprendre à l'Académie. Je veux dire, j'ai adoré être là-bas. Ne vous méprenez pas. C'est juste que ce n'était pas... Tom s'arrêta, incapable d'exprimer ce qu'il voulait dire et se sentant déloyal envers le Directeur Lianon et ses amis.

— Ce n'était plus l'endroit qui te convenait, compléta-t-elle. Nous sommes heureux de t'avoir parmi nous et nous espérons pouvoir t'aider à atteindre ton plein potentiel, tant académique que magique.

Tom la remercia et partit. En descendant le couloir, il demanda l'heure à un élève qui passait. Il n'était que cinq heures. Il avait encore le temps de rejoindre Arturo à la bibliothèque.

CHAPITRE VINGT-DEUX

Il fallut un bon moment à Tom pour trouver Arturo. Il avait presque abandonné et s'était presque assis à l'une des tables libres. Il avait des devoirs à faire. La bibliothèque de Harding était immense et son agencement n'avait aucune logique apparente. Quand Tom s'engageait dans ce qui ressemblait à un couloir, il se retrouvait face à une fenêtre, ou même un mur. Après avoir visité tous les recoins et noté quelques endroits où il pourrait venir chercher un peu de calme, il tomba enfin sur Arturo.

Levant les bras, il s'exclama : — Te voilà enfin !

Arturo le fit taire d'un geste taquin et lui dit de prendre une chaise. Tom s'y laissa tomber et posa sa tête sur la table. — J'ai juste besoin d'une sieste de cinq minutes.

Arturo rit et régla sa minuterie. Tom releva la tête et jeta un coup d'œil à travers ses mèches. — Tu viens vraiment de régler une minuterie sur ta montre ?

— Tu as dit que tu avais besoin de cinq minutes. Je te réveillerai quand ce sera terminé, dit-il impassible.

— Très bien, répondit Tom en laissant son visage caresser la surface froide de la table.

Il se réveilla alors qu'Arturo le secouait. — Ça fait dix minutes, Tom. Tu avais dit cinq minutes.

Tom s'appuya sur le bord de la table et se redressa lentement. Il essuya la bave au coin de sa bouche. — Je n'arrive pas à croire que je me sois vraiment endormi, dit Tom. Il secoua la tête et se frotta les yeux.

— Qu'est-ce que tu fais ? demanda Tom, examinant la pile de livres qu'Arturo avait soigneusement arrangés en cinq tas.

— Je fais des recherches.

Tom regarda le premier tas. Les livres portaient sur l'hématologie. Il n'était pas surpris, puisqu'il avait vu Arturo se diriger vers l'aile scientifique plus tôt dans la journée.

— Tu étudies pour devenir médecin ? demanda Tom.

— Pas exactement, dit Arturo, absorbé par l'énorme livre ouvert devant lui.

Tom comprit l'allusion et sortit ses propres livres. Il voulait relire les chapitres que le groupe avait étudiés plus tôt dans l'année sur la Magie Défensive et Offensive. Il ouvrit son manuel et commença à lire. C'était fascinant. Il se rappelait combien il avait été impressionné lors de son premier été à L'Académie, apprenant le latin, les sortilèges et l'histoire de la magie. Mais ce qu'il étudiait maintenant était d'un tout autre niveau.

Il savait qu'il y avait des Sorcières et des Sorciers dans le monde, mais il n'en avait jamais rencontré et ils n'avaient jamais étudié ce genre de magie à L'Académie. Cela lui avait toujours semblé irréel. Comme ces choses qui n'arrivent que dans les films. Mais c'était bien réel. Et il en faisait partie.

Il regarda Arturo. Ce type pouvait contrôler les choses avec son esprit et léviter. Léviter ! Et le voilà, absorbé dans un manuel médical. Bien qu'ils n'aient que deux ans d'écart à l'école, Arturo était un homme. Il avait des avant-bras musclés et velus, des épaules larges, et une barbe de cinq heures. Tom était pratiquement imberbe, et il rasait les trois poils qu'il avait sur le menton une fois par semaine.

Comme s'il sentait le regard de Tom, Arturo leva les yeux de son livre. — Quoi ?

CHAPITRE VINGT-DEUX

— Désolé. Je ne voulais pas te dévisager. Tu as quel âge ? demanda Tom.

— J'ai vingt ans. Pourquoi ?

— Tu fais plus vieux. Tu connais un gars qui s'appelle Alistair Callahan ? demanda Tom. Il n'avait pas eu l'intention de poser cette question ; elle lui avait simplement échappé alors qu'il essayait de justifier sa curiosité.

— Pourquoi ? Il est de ta famille ?

Arturo était doué pour retourner les questions à celui qui les posait. — Ouais, je suppose. C'est mon cousin au second degré. Il a étudié ici et je pensais que tu l'aurais peut-être rencontré avant son départ.

Arturo y réfléchit une minute. — C'est le gars qui peut arrêter le temps ?

— Oui, c'est lui. C'est un pouvoir rare ?

— Ce n'est pas très commun, mais ce n'est pas spécial si c'est ce que tu veux dire. Par exemple, je peux léviter, et tout le monde est impressionné, mais n'importe qui avec de la télékinésie peut léviter s'il y travaille. Ils ne le font simplement pas. Les gens qui peuvent arrêter le temps peuvent aussi l'avancer et le rembobiner, autrement dit Voyager dans le Temps. Mais ils développent rarement leur don à son plein potentiel. Si je continue à travailler, je pourrai peut-être même voler un jour.

— Tu plaisantes ? demanda Tom. C'est trop cool !

— Pourquoi es-tu si émerveillé par le vol, Tom ? Tu peux guérir les malades et les blessés, ramener les gens d'entre les morts, et contrôler les gens avec ton esprit, dit Arturo.

— Comment... comment sais-tu ça ? demanda Tom. Le Maître et ses sbires avaient fait allusion à ces pouvoirs, mais personne ne l'avait encore confirmé.

Arturo poussa une deuxième pile de livres vers Tom. Ils traitaient tous d'électromagnétisme. Il glissa la troisième pile à côté. Ces livres parlaient de nécromancie. La quatrième pile concernait la guérison énergétique. Alors qu'Arturo positionnait la première pile, puis la dernière pile devant Tom, il dit : — Tu as même fait tes devoirs ? Les livres de la dernière pile portaient tous sur la Magie de sang.

La cloche du dîner sonna, et Tom demanda ce qu'ils devaient faire des livres. — Laisse-les simplement ici, personne ne vient ici, et la bibliothécaire ne les dérangera pas.

— Et ce gros livre, il parle de quoi ? demanda Tom.

Arturo mit un morceau de papier sur lequel il avait pris des notes et s'en servit comme marque-page alors qu'il fermait l'énorme tome dans un bruit sourd. Il souleva le livre et le tint pour que Tom puisse lire le titre : Microbiologie Moléculaire.

— Alors, j'imagine que tout ça t'intéresse, n'est-ce pas ? demanda Tom, pointant tous les livres qu'Arturo avait clairement pris le temps de rassembler pour lui.

— Plus pour toi qu'il n'y paraît, répondit-il. Allez viens, j'ai faim.

CHAPITRE VINGT-TROIS

Ils marchèrent ensemble jusqu'à la cafétéria. Mais au moment d'entrer, Arturo lui dit qu'il le retrouverait plus tard. — Je devrais être de retour à la bibliothèque vers dix-neuf heures trente si tu veux de l'aide pour étudier ces livres.

— Merci ! lança Tom, mais Arturo avait déjà tourné les talons et s'éloignait d'un pas décidé.

Tom aperçut ses amis à leur table habituelle. Il déposa son sac et fila droit vers le comptoir alimentaire. Il mourait de faim. Le Professeur Montague avait été gentille de lui offrir à déjeuner, mais il mangeait normalement beaucoup plus et maintenant il se sentait défaillir. Il demanda une double portion de tout et la préposée de la cafétéria ne sourcilla même pas. Elle empila la nourriture sur son assiette et la fit glisser sur le comptoir.

Mandy s'approcha discrètement et lui donna un coup de coude. — Tu manges pour deux, Tom ?

Il rit et lui expliqua qu'il avait manqué le déjeuner.

— Oui, on se demandait où tu étais passé. Tu as eu une retenue dès ton premier jour ? Ou bien tu as mangé les sucreries contre lesquelles je t'avais mis en garde et passé l'heure du déjeuner à te tenir le ventre au-dessus des toilettes ?

— Tu ne plaisantais pas à propos de ça ? demanda Tom.

— Non. Le Professeur Filigree peut être super méchant quand il le veut ! C'est ce qui s'est passé ? demanda-t-elle en mettant une main devant sa bouche. Tom ne savait pas si elle était horrifiée ou si elle se moquait de lui. Il vit l'humour dans ses yeux et lui rendit son coup de coude.

— Non ! Le Professeur Montague m'a gardé après la classe pour des leçons supplémentaires.

— Elle n'a pas le droit de faire ça. C'est contre le règlement. Les élèves et les professeurs ont droit à cinquante minutes de temps ininterrompu pour se reposer et se restaurer à midi, récita-t-elle.

— Tu viens d'inventer ça ! s'esclaffa Tom en prenant un morceau de cheesecake et une bouteille d'eau. Mandy prit la même chose et ils se dirigèrent vers la caisse pour passer leurs cartes de cantine.

— Pas du tout ! C'est dans le prospectus de l'école. Tu ne l'as pas lu ?

Tom la regarda de côté, incertain si elle se moquait de lui ou non.

— J'ai bien peur qu'on ne m'ait pas fourni de prospectus. Je vais devoir déposer une plainte auprès du président du conseil des élèves. Pourrais-tu m'indiquer la bonne direction ?

— Tu as de la chance ! Il se trouve que je suis la vice-présidente du conseil des élèves, dit-elle en le suivant jusqu'à leur table.

Quand ils s'assirent, Tom demanda à Benny de confirmer ce que Mandy avait dit.

— Ouais, bien sûr que c'est vrai, répondit-il.

Tom resta silencieux pendant le dîner, principalement parce qu'il était occupé à engloutir sa nourriture. Les autres bavardaient de leur journée, et ils lui demandèrent comment s'était passé son premier jour.

— J'ai appris beaucoup de choses et j'ai une tonne de devoirs. Je vais probablement me plonger dans les bouquins après le dîner.

— Tu as été enfermé toute la journée, viens au moins faire une promenade, dit Zaina.

— Quelle heure est-il ? demanda-t-il.

Benny consulta sa montre et répondit : — Il n'est que dix-huit heures trente. De plus, il fera bientôt nuit. Nous ne resterons pas dehors trop longtemps.

Tom accepta et dit qu'il voulait juste déposer son sac, car il l'avait traîné toute la journée.

Benny, Mandy et Zaina l'attendaient sur les marches devant l'entrée principale. Quand ils virent Tom, ils se levèrent et le groupe se dirigea vers une partie du domaine que Tom n'avait pas encore visitée. Il y avait un sentier bien usé dans l'herbe qui longeait un champ clôturé. Dans quelques semaines, on y planterait de l'orge, mais pour l'instant, le terrain semblait désolé.

Ils marchèrent environ dix minutes jusqu'à ce qu'ils atteignent un cercle de pierres. Pas du genre où les gens se rassemblent pour des rituels ou sont transportés dans une autre époque. Non, ce cercle était fait de main d'homme, et les pierres avaient été transportées et positionnées autour d'un foyer éteint.

— Quand il fait plus chaud, on allume un feu et on traîne ici, expliqua Benny alors qu'ils prenaient chacun place sur les rochers.

— Vous vous souvenez du duel que j'ai livré contre Arturo ? demanda Tom.

— Tu plaisantes ? dit Benny en se levant à nouveau. C'était l'un des moments forts de l'année ! dit-il en gesticulant sauvagement.

— Je suis surprise que tu n'aies pas tes propres groupies maintenant, répliqua Zaina. Tu as certainement remis Arturo à sa place et, ce faisant, tu as gagné le respect de la plupart de l'école.

— Y compris celui d'Arturo, j'espère, dit Tom en se mordant la lèvre.

— Le fait qu'il te parle même est la preuve qu'il sait que tu existes. D'ailleurs, il est venu aider pendant la bataille, non ? dit Mandy.

— Si on lui demandait, tu penses qu'il pourrait nous aider à améliorer nos compétences en duel ? demanda Tom.

Benny s'était rassis, mais maintenant c'était au tour de Zaina de se lever. — On n'a pas besoin de lui. On peut s'entraîner tout seuls ! Elle cracha presque ces mots. Il n'y avait aucun amour perdu entre Zaina et Arturo. Tom se demanda s'ils étaient peut-être sortis ensemble par le passé, ou si Arturo l'avait repoussée. Si c'était le cas, il était vraiment idiot.

— Debout. On peut avoir notre propre petit duel, ici même. Il y a largement assez de place, et nous sommes en nombre pair, suggéra Zaina.

Benny jeta un regard à Mandy. Il semblait incertain de cette idée, tout comme elle. Mais elle se ressaisit et se leva.

— Super idée ! Quels sorts as-tu appris jusqu'à présent ? Tu peux facilement bloquer ? demanda Mandy.

Tom lui parla des sorts de désarmement qu'il avait appris et dit qu'il maîtrisait plutôt bien son bouclier maintenant. — Je pense pouvoir gérer tout ce que vous me lancerez.

Benny se leva mais resta muet, traînant des pieds. — Ça va, Benny ? Tu n'es pas obligé de le faire si tu ne veux pas, dit Tom.

— C'est juste que la dernière fois que tu as lancé un rocher, ça a déchiré un bâtiment à trente mètres de là. J'ai un peu peur de ce que tu pourrais nous faire si tu perds le contrôle...

Il marquait un point.

— Pas de Magie de sang. Juste des sorts. Je dois commencer à faire de la magie normale. Je n'ai pas le genre de dons que toi et Mandy avez, mais avec un peu de pratique, je devrais être capable d'utiliser des sorts simples et complexes. Je veux dire, on avait des incantations à l'Académie. C'étaient des petites choses, surtout pour utiliser une Porte dans des situations non conventionnelles, mais je pouvais les faire. Le Directeur Lianon m'a rappelé que la Magie de sang n'est pas la seule chose que j'ai pour me défendre.

Mandy croisa les bras et s'éclaircit la gorge. Tom continua : — Même Mandy ici présente l'a suggéré. Je crois que tu as dit quelque chose comme je devrais travailler plus intelligemment, pas plus durement.

Mandy rayonna et sourit d'un air suffisant aux autres.

— D'accord, mettons-nous au travail avant de perdre complètement la lumière. Mandy et Benny peuvent s'affronter en premier, dit Zaina de sa meilleure voix de sergent de bataille. Benny et Mandy obéirent rapidement et firent quinze pas dans des directions opposées.

Une fois qu'ils furent en position, Zaina dit : — À vos marques, prêts, en garde !

Comme on pouvait s'y attendre, ils utilisèrent tous les deux leur don naturel l'un contre l'autre. En conséquence, Benny fut couvert de givre, et Mandy fut immobilisée. Tom éclata de rire. — Comment les dégivrer ?

— Idiots ! On a dit des sorts ! Les sorts peuvent facilement être annulés. Les pouvoirs ? C'est une tout autre affaire. Argh ! répondit Zaina en fouillant dans sa poche. Elle en sortit un petit cube. Elle prononça des mots en latin qui semblaient familiers à Tom, bien qu'il ne puisse pas en saisir le sens. Elle tapota le cube. Il se déplia et se transforma en un énorme volume.

— Hé ! J'ai appris ça à l'Académie. Je n'ai pas utilisé cette incantation depuis longtemps, mais tu viens de me rappeler comment je peux transporter un livre de sorts jusqu'à ce que je puisse les mémoriser !

Zaina l'ignora et essaya de tenir le livre tout en le feuilletant. — Viens ici, ordonna-t-elle. Tom obéit à contrecœur. Zaina pouvait être effrayante quand elle avait ce regard intense, mais comme il n'avait rien fait pour l'ennuyer, il essaya de se détendre.

— Tends les mains, dit-elle, et Tom s'exécuta. Peut-être que cela faisait partie d'un sort.

Il s'avéra que Zaina voulait seulement que Tom tienne le livre pour qu'elle puisse utiliser ses deux mains pour le consulter.

— Ravi d'être utile, dit Tom d'un ton sec.

— C'est un livre lourd et tu n'as rien de mieux à faire, répliqua-t-elle.

Le livre ne ressemblait pas à un manuel scolaire ; la plupart des pages étaient manuscrites. — C'est le grimoire de ta famille ? demanda Tom.

Zaina hocha la tête et marmonna. Elle avait trouvé la page qu'elle cherchait et la tapotait. — Ça devrait marcher.

Elle fouilla à nouveau dans sa poche et en sortit une baguette. — Tu as une baguette ? demanda Tom. Quand il vit le regard qu'elle lui lança, il regretta d'avoir parlé. Il n'avait jamais vu aucun de ses amis utiliser une baguette. En classe, seule une poignée d'élèves avaient utilisé des baguettes. Ce n'était pas le moment de demander pourquoi.

Zaina alla d'abord vers Benny. Elle pointa sa baguette sur lui et dit : — Quid unum magicae non sit alius solve.

La glace se fissura et Benny se débarrassa du surplus. — Merci, Zaina ! Elle lui lança un regard de pierre et répéta les étapes avec Mandy. La jeune fille perdit l'équilibre et tomba au sol. — Merci, marmonna-t-elle en se remettant sur pied.

— On s'amuse bien ? dit Zaina en remettant sa baguette dans sa poche avant de revenir à grands pas vers l'endroit où Tom tenait toujours le livre. Elle prit le livre et le referma d'un coup sec. Elle prononça l'incantation inverse et le livre se replia en cube, qu'elle mit dans sa poche.

— Le spectacle est terminé, nous devrions rentrer, dit-elle en se dirigeant vers le sentier.

— Mais nous n'avons pas encore fait de duel ! répondit Tom, levant les mains en l'air. Zaina continua à marcher.

Tom regarda Mandy et Benny. Benny se frottait les bras et frissonnait. Il secoua la tête et suivit Zaina.

— Il commence à faire sombre. Nous pouvons réessayer demain si tu veux. Juste après l'école, quand il y a plus de lumière du jour, suggéra Mandy.

— D'accord, je suppose, haussa les épaules Tom et suivit les autres, Mandy marchant à ses côtés.

Tom demanda à Mandy ce qu'elle avait fait pendant les vacances de printemps.

— Je suis rentrée chez moi dans le Vermont. Le printemps est une saison un peu dégoûtante là-bas, alors ma famille et moi sommes allés dans une station balnéaire au Mexique. C'était super ! dit-elle.

Alors que Mandy continuait à décrire la chambre qu'elle partageait avec sa petite sœur, Tom commença à ne plus l'écouter. Non par manque d'intérêt, mais parce qu'il se sentait soudainement anxieux sans savoir pourquoi. Comme si quelque chose de mauvais était sur le point d'arriver, et inconsciemment, il commença à marcher plus vite.

— Ralentis Tom, je ne peux pas suivre avec mes petites jambes de poulet, dit-elle en riant, se démenant pour rester à sa hauteur.

— Quelque chose ne va pas, dit-il.

— Qu'est-ce qui ne va pas ?

— Je ne sais pas, répondit Tom en regardant derrière eux vers l'endroit qu'ils avaient quitté pour voir si quelqu'un les suivait.

Pourquoi suis-je si paranoïaque ? Je ne porte pas la bague, donc ça ne peut pas être la raison. Il n'y a personne là-bas.

Il ne pouvait pas se débarrasser de cette sensation et scruta les environs. Le champ ressemblait exactement à ce qu'il avait vu lors de leur passage précédent. Devant, il pouvait voir Benny, mais il ne voyait plus Zaina. *A-t-elle marché si vite ?*

Il ralentit son allure et Mandy le rattrapa enfin. Elle reprit son bavardage et Tom commença à se détendre. Quoi que ce soit qui l'ait mis sur le qui-vive avait disparu.

— Donc, tu dis que je peux contrôler d'autres personnes parce que je peux contrôler leur sang ? demanda Tom, incrédule, bien qu'Arturo ait trouvé un passage disant exactement cela dans l'un des livres qu'il avait disposés pour que Tom les lise.

— Oui, répondit patiemment Arturo, sortant l'un des livres sur le magnétisme et l'ouvrant à un chapitre qu'il avait marqué d'un post-it. Il essaya d'expliquer la science derrière ce phénomène à Tom. Devant le regard vide de Tom, il dit : — Tu sais comment tu peux soulever et lancer des rochers par télékinésie, malgré le fait que tu n'aies pas réellement le don de télékinésie ?

— Euh, ouais, dit Tom, attendant de voir où Arturo voulait en venir.

— Nous avons supposé que c'était parce que tu poussais de minuscules particules de sang qui se sont attachées aux objets quand tu es entré en contact avec eux. Tu contrôles, en effet, ton sang et tu le diriges en dehors de ton corps. En tant que Mage de Sang, tu peux contrôler le sang d'autres personnes aussi. C'est comme ça que tu peux les guérir. Tu dis à leur sang de produire plus de globules blancs, de guérir ce qui ne va pas. Et le processus se déroule de la même façon que le corps guérirait normalement s'il avait suffisamment de force vitale pour le faire. C'est là que tu interviens, tu envoies de l'énergie, en plus du message de guérison, et la force de celle-ci accélère le processus de guérison.

— Ça a du sens. Mais qu'en est-il de la résurrection des morts ? Tous les livres et films que j'ai vus étaient très clairs ; la Nécromancie est une mauvaise chose.

— Celle-là est un peu plus complexe. Et tu as raison, je ne tenterais jamais cela. Même si ma propre mère mourait. Une fois qu'une âme quitte un corps, ce qui revient n'est pas ce qui habitait le corps avant sa mort, dit Arturo en frissonnant.

Tom pensa à la Lance de Sang. Il n'était pas prêt à partager ça avec Arturo. Mais si quelqu'un pouvait en savoir plus sur de telles choses, ce serait lui.

— Y a-t-il d'autres choses que je pourrais faire ? demanda Tom, feuilletant l'un des livres sur la Magie de sang et les rituels.

Arturo prit un autre livre de la pile et feuilleta jusqu'à ce qu'il trouve un autre de ses post-its. — Celui-ci dit que tu peux utiliser ton sang de manière offensive et défensive.

— Ça semble un peu vague... répondit Tom.

— Eh bien, il y a eu un cas où un Mage de Sang a été attaqué et, au lieu de produire un bouclier d'énergie, son sang, et je cite, « s'est rassemblé en un disque, s'est solidifié et a empêché la flèche de pénétrer dans le corps ».

— Tu veux dire que le sang du Mage de Sang s'est transformé en un véritable bouclier ? demanda Tom, prenant le livre pour lire le passage lui-même. Arturo se pencha et pointa vers le post-it.

— Ici, il est dit que le sang s'est transformé en épée et que le Mage a pu vaincre plus de cent attaquants, ajouta Arturo.

— Pas possible ! répondit Tom, feuilletant jusqu'à cette partie du livre pour la lire. C'était bien là. La preuve qu'il n'était pas le seul phénomène dont le sang s'était solidifié en arme.

Tom se rassit et lâcha le livre. — Est-ce qu'il est écrit quelque part comment je suis devenu un Mage de Sang ? Est-ce génétique ? Est-ce que ça reste dormant jusqu'à la maturité ?

— C'est généralement transmis de père en fils. Mais ça peut sauter des générations entières puisqu'on n'a pas entendu parler d'un Mage de Sang depuis des centaines d'années, dit Arturo. Il prit un autre livre de la pile.

— Il est écrit ici, dit-il en tournant vers l'une des pages marquées d'un post-it, que le pouvoir peut être volé en drainant le sang d'un Mage de Sang.

Tom déglutit. Alors c'était l'intention du Maître, drainer le sang de Tom et voler son pouvoir. — Tu veux dire qu'il le boit, comme un vampire ?

Arturo regarda le passage et haussa les épaules. — Ça ne le dit pas, mais je suppose qu'ils doivent l'ingérer ou recevoir une sorte transfusion pour obtenir le pouvoir, dit-il, posant une main sur l'épaule de Tom. Désolé, mon pote.

Tom passerait la nuit à rêver de vampires drainant son sang.

CHAPITRE VINGT-QUATRE

Le lendemain fut chargé, bien que rien d'extraordinaire ne se soit produit. Tom prit soin d'apporter son Manuel de Voyage en classe pour pouvoir intégrer ces sorts avec ceux de son manuel de Lancement de Sorts.

Cet après-midi-là, il avait un cours d'Économie. Rien de remarquable, et le professeur Mendillo donna une conférence complète bien que quelque peu ennuyeuse.

Après le cours, Tom était retourné dans sa chambre pour faire ses devoirs. Bien qu'il fût tenté de lire les livres qui l'attendaient à la bibliothèque, il avait encore des devoirs à faire, et ce ne serait pas judicieux de commencer à échouer dans ses cours de lycée alors qu'il était censé être à l'université.

Il s'assura également d'étudier à la fois le Manuel et le manuel de Lancement de Sorts.

Lorsqu'il rejoignit ses amis pour le dîner, il commença à prendre ses habitudes. Benny le rejoignit au comptoir de nourriture, et ils discutèrent du prochain tournoi de Planche d'Équilibre.

— Tu devrais vraiment demander à rejoindre l'équipe, dit-il.

— Mais on est bien après la mi-année. L'équipe est sûrement déjà formée, et le Coach ne voudra pas avoir à entraîner quelqu'un si tard dans l'année.

— On ne sait jamais, ça vaut le coup d'essayer. Tu es un vrai talent naturel.

— De quoi parlez-vous ? demanda Mandy, entendant la fin de leur conversation. Quand Benny la mit au courant, Zaina leva les yeux de son assiette et lui lança un regard noir.

— Zaina ne veut pas que tu rejoignes l'équipe car tu pourrais prendre sa place de joueuse vedette, plaisanta-t-il.

— N'écoute pas cet idiot. Bien sûr que tu devrais rejoindre l'équipe si le Coach est d'accord. Nous avons besoin de toute l'aide possible pour battre l'équipe sud-américaine. Ils sont vraiment bons.

— En parlant de battre des adversaires, y a-t-il une chance de réessayer le duel après le dîner ? demanda Tom.

— Bien sûr, dit Zaina, mais si ces deux-là font encore quelque chose de stupide, je me retire !

Ils retournèrent au cercle de pierre et Tom put s'entraîner convenablement. Contre Mandy et Benny, il utilisa principalement son bouclier pour dévier tout ce qu'ils lui envoyaient. Mais avec Zaina, il devint un peu plus audacieux. C'était une Sorcière forte et compétente, et il ne voulait pas qu'elle le considère comme un faible.

Elle lui bottait quand même les fesses, même quand il sortit deux des nouveaux sorts défensifs qu'il avait appris en classe ce jour-là. Il était temps de faire une pause, et ils s'assirent autour du cercle de pierre.

— Vos parents sont-ils tous des Sorcières et des Sorciers tout-puissants ? demanda Tom sans s'adresser à quelqu'un en particulier.

— Mes deux parents ont étudié ici, dit Mandy. Il y a une école de magie plus près de chez nous, mais Papa est issu d'une longue lignée de Sorciers écossais, et il a dit que c'était la tradition pour nous d'étudier ici.

— Tu as mentionné que tu avais une sœur cadette. Est-ce qu'elle fréquente le lycée ici ? Serait-elle dans certains de mes cours ? demanda Tom.

— Oui, elle est au lycée, mais elle n'a que quinze ans donc je doute que tu l'aies croisée, répondit Mandy.

— Et que font tes parents comme métier ? demanda-t-il. Elle n'avait pas vraiment répondu à ses questions et il était curieux. Les Sorcières et les Sorciers étaient-ils comme les Voyageurs ? Vivaient-ils essentiellement de l'argent de leurs proches ?

— Ma mère est restée à la maison jusqu'à ce que Becky, c'est ma sœur, commence à Harding. Maintenant, elle enseigne le français à l'Université du Vermont. C'est là que mes parents se sont rencontrés. Mon père enseignait le gaélique aux étudiants de premier cycle.

— C'est fascinant. Et ton père, enseigne-t-il toujours à l'université ? demanda Tom, sincèrement intéressé.

— Non, plus maintenant. Mon père travaille pour le CEMB, désormais.

— Attends, vraiment ? Que fait-il ?

Elle rougit et baissa la tête. — Tu vas trouver ça stupide.

— Que ce soit stupide ou non, maintenant je DOIS savoir, dit Tom.

— Il est consultant concernant la Cour d'Unseelie, dit-elle, en regardant Benny.

Tom regarda Benny. — Qu'est-ce que ça veut dire ?

— Dans le folklore écossais, les fées sont divisées en deux camps : les fées de la Cour de Seelie sont dites amicales envers les humains, les avertissant lorsqu'ils sont en danger, demandant de l'aide lorsqu'elles ne peuvent accomplir une tâche, et sont généralement considérées comme heureuses et bienveillantes. Les fées de la Cour d'Unseelie sont considérées comme les fées impies, celles qui cherchent à nuire aux humains, celles qui volent les bébés et ainsi de suite.

— Tu sembles aussi en savoir beaucoup sur ce sujet, dit Tom.

— Ma mère est une Sorcière et mon père est une Fée, dit Benny.

— Vraiment ? dit Tom, se redressant. Auras-tu des ailes, alors ? demanda-t-il, puis, se sentant mal, il ajouta : désolé, ai-je le droit de demander ça ?

Benny rit et dit : — Tu as le droit de demander, mais tu n'as pas le droit de demander à les voir.

— Tu veux dire que tu en as déjà ? demanda Tom, complètement abasourdi. Les merveilles ne cessaient jamais dans cet endroit.

Benny se leva et recula pour avoir suffisamment d'espace. Il mit ses mains de chaque côté et commença à les battre comme des ailes, puis à danser sur la pointe des pieds. Mandy et Zaina éclatèrent de rire et Tom comprit qu'on se moquait de lui.

— Ha, ha ! Je suis presque sûr que ce que tu viens de faire est offensant pour les fées, répliqua Tom.

Avant qu'il ne puisse répondre, la terre trembla, et Tom eut l'impression que quelqu'un avait couru derrière lui. Il se retourna rapidement et ne vit personne.

Génial, on y va encore.

Mais il vit Mandy relever les pieds comme si elle venait de voir une souris. La main de Zaina était sur le sol, sentant quelque chose.

— Est-ce un tremblement de terre ? demanda Benny juste au moment où la terre trembla plus fort et que le cercle de pierre entier s'effondra à deux mètres dans le sol. Benny eut juste le temps de sauter en arrière alors que la terre se dérobait sous ses pieds et que ses amis n'étaient plus là.

Une fois remis du choc, Benny se pencha au bord et cria : — Vous allez bien, les gars ??

Il y eut une pause avant que Zaina ne réponde : — Tout baigne.

— Tom ? Mandy ? Vous allez bien ? demanda-t-il.

— Ça va ! cria Mandy et Tom ajouta : — Moi aussi !

— Je vais chercher de l'aide, tenez bon ! dit-il et courut vers l'école.

Quelques minutes plus tard, Arturo les regardait d'en haut avec un sourire amusé. — Avez-vous encore utilisé la magie sans supervision, Tom ? lança-t-il.

— Qu'est-ce que tu fais là-haut ? Est-ce ton idée d'une plaisanterie ? demanda Zaina.

Arturo mit une main sur son cœur et donna sa meilleure imitation d'une personne offensée.

— Je sais que tu me crois tout-puissant, Zain, mais je t'assure que je ne peux pas provoquer d'effondrements de terrain.

— Alors, tu passais juste par là par hasard ? dit-elle, sa voix débordant de mépris.

— Si tu veux savoir, j'ai croisé Benny alors qu'il traversait en courant le hall jusqu'au bureau de la Directrice. Tout ce qu'il a dit était « cercle de pierre » et « effondrement ». J'étais suffisamment intrigué pour venir enquêter. Cela prendrait un certain temps avant que Benny ne rejoigne le groupe, faisant quelques pauses en chemin après avoir presque perdu connaissance à force de courir si fort au début.

— Tu pourrais nous sortir d'ici, dit Zaina.

— Je pourrais. Mais, encore une fois, personne ne l'a demandé gentiment.

— Arturo, pourrais-tu nous aider à sortir d'ici ? dit Tom.

— Oui, Tom. Ce serait un plaisir. Arturo sauta dans le trou et lévita jusqu'au sol.

— Qui en premier ? dit-il, regardant entre Zaina et Tom.

— Tu devrais prendre Mandy, elle n'aime pas les espaces clos, dit Zaina.

— Bien sûr. Mandy ? Où es-tu ? demanda Arturo.

— Arrête de plaisanter, dit Zaina d'un ton sec.

— Je ne plaisante pas ; elle ne semble pas être ici, répondit Arturo.

— Elle était là il y a une minute, répliqua Tom, tournant la tête dans toutes les directions.

Zaina claqua des doigts et fit apparaître une flamme au bout de son index. Effectivement, Mandy n'était nulle part. Ils appelèrent son nom, mais elle ne répondit pas.

Zaina pointait son doigt et scannait le trou de manière circulaire.

— Arrête, reviens en arrière, dit Arturo. Là !

Il y avait un tunnel étroit qui partait du cercle de pierre effondré, se dirigeant vers le champ. Comme il était proche de la surface, Arturo lévita au-dessus du sol pour voir s'il menait à l'extérieur. — Là. Un chemin de terre à travers le champ. Devons-nous le suivre ? demanda-t-il en regardant les autres en bas.

— Bien sûr que nous devons le suivre ! s'exclama Zaina, se dirigeant immédiatement vers le tunnel.

— Attends !

— Nous n'avons pas de temps à perdre, Arturo. Si quelqu'un a enlevé Mandy, dit Tom, suivant Zaina de près.

— Je vois quelqu'un ! Ils viennent juste de sortir à l'autre bout du champ, dit Arturo, toujours en planant au-dessus du trou d'effondrement. Il s'éleva plus haut pour avoir une meilleure vue. — Ils montent dans une voiture noire. Ils partent à toute vitesse !

Arturo descendit au niveau de Zaina et Tom. — Allez, sors-nous d'ici pour qu'on puisse les suivre, lui lança-t-elle.

— Je ne suis pas Superman ! Je ne peux pas vous porter tous les deux et poursuivre une voiture ! dit-il.

Il frappa Tom sur le bras. — Aïe. Pourquoi as-tu fait ça ?

— Fais le truc de la Porte, dit Arturo.

— Oui ! Tom, ouvre une Porte vers où Mandy va ! dit Zaina, maintenant excitée.

— Je ne suis pas télépathe. Je peux seulement aller où quelqu'un se trouve, pas où il prévoit d'aller, dit-il.

— On s'en fiche, suis simplement Mandy !

Tom avait l'air incertain mais il sortit sa Clé et sa Porte apparut. Il ferma les yeux, prit une profonde inspiration, et pensa à Mandy.

— Allons-y, dit-il et ouvrit la Porte, Zaina et Arturo le suivant de près.

CHAPITRE VINGT-CINQ

Ils se trouvaient dans la chambre universitaire de Mandy. Heureusement, sa colocataire n'était pas là, sinon ça aurait été l'enfer.

— Concentre-toi sur l'endroit où Mandy se trouve MAINTENANT, dit Zaina. Son ton n'aidait pas et stressait Tom davantage.

— Elle est montée dans une longue voiture noire, pas vraiment une limousine, mais plutôt une berline ou quelque chose comme ça, expliqua Arturo. Imagine-la dans cette voiture noire, filant vers le repaire du Maître.

Tom n'aimait pas cette image, mais il essaya de visualiser Mandy assise à l'arrière d'une voiture. Il invoqua sa Porte et ils réessayèrent.

Cette fois, ils émergèrent juste derrière une station-service, près des toilettes extérieures.

— Peut-être qu'elle avait besoin de faire pipi et qu'ils se sont arrêtés, dit Zaina en courant vers l'avant du bâtiment.

Elle revint avant que les autres aient pu la suivre. — S'ils sont passés par là, ils sont déjà repartis.

Tom invoqua à nouveau sa Porte en visualisant Mandy, s'imaginant son uniforme scolaire.

Ils se retrouvèrent dans une forêt dense. Tom ferma la Porte qui disparut. La nuit était claire, et le clair de lune leur donnait juste assez de lumière pour voir.

— Où sommes-nous ? demanda Tom.

Arturo pointa du doigt à travers les arbres. — Je crois qu'on a trouvé le repaire du Maître.

C'était un grand manoir, ou peut-être un petit château, selon la façon dont on le regardait. En s'approchant, ils virent qu'il était entouré d'un haut mur de pierre d'au moins deux mètres cinquante, voire trois mètres.

— Tu peux voir par-dessus le mur ? demanda Tom, en gardant sa voix basse. Ce qu'il voulait dire c'était : peux-tu léviter pour vérifier, mais il pensait que ce serait trop insistant.

— Oui, bien sûr. Je vais trouver un arbre assez haut derrière lequel me cacher, pour que personne ne me voie, répondit Arturo. Il scruta les environs et trouva un arbre qui ferait l'affaire. Il s'éleva lentement jusqu'à dépasser le mur de quelques mètres et trouva une branche sur laquelle se poser pendant qu'il observait les alentours.

Il quitta la branche, redescendit, et se déplaça latéralement vers un autre arbre, puis remonta pour continuer son inspection.

Il répéta le processus une fois de plus, plus loin le long du mur, avant de revenir.

— Il y a des Sorciers postés à chaque porte, et au moins deux sur le toit, dit-il en pointant dans la direction où il avait vu les gardes. Je pense qu'ils t'attendent.

— Mais ils ne NOUS attendent pas ! répliqua Zaina, en se désignant elle-même, ses yeux brillant comme ceux d'une guerrière intrépide.

— Du calme, chuchota Arturo. Ce n'est pas le moment de foncer tête baissée.

— Évidemment, c'est toi qui dirais ça, cracha Zaina.

— Qu'est-ce que c'est censé vouloir dire ? rétorqua Arturo.

— Tu sais parfaitement ce que ça veut dire, répondit Zaina, en se rapprochant de son visage.

— Euh, les gars ? interrompit Tom, en posant une main sur l'épaule de chacun.

Ouais, il se passe clairement quelque chose entre eux, pensa-t-il.

— Je ne sais pas ce qu'est *ce truc* ? chuchota Tom en agitant ses mains pour les inclure tous les deux, mais nous avons besoin d'un plan.

— C'est simple. On entre, on récupère Mandy, et on s'en va.

— Et les gardes ? demanda Tom.

— On peut les gérer, pas de problème. On l'a déjà fait, dit-elle.

Elle avait l'air si confiante que, pendant une minute, Tom l'aurait suivie dans n'importe quelle bataille.

Heureusement, Arturo interrompit ses folles imaginations. — Désolé d'être la voix de la raison, mais c'est une chose d'affronter un adversaire sur ton terrain où de l'aide peut arriver à tout moment. C'en est une autre de foncer dans ce qui est manifestement un piège, dans un endroit qu'on ne connaît pas, où un nombre inconnu d'assaillants potentiels nous attend.

Il avait raison, bien sûr. Que pourraient accomplir les trois d'entre eux contre l'armée de sbires du Maître dans un château qui pourrait être rempli de pièges ?

— Mais qu'en est-il de Mandy ? demanda Tom, anxieux de tirer son amie du danger.

— On ne sait même pas si elle est là-dedans, répondit Arturo.

— La Porte nous a menés ici, dit Zaina.

— C'est vrai, mais elle nous a d'abord menés à deux autres endroits avant d'arriver ici. Et s'ils étaient venus ici uniquement pour aller ailleurs ? demanda Arturo.

C'était une question pertinente. Ils devraient déterminer si Mandy était dans le château ou non avant toute chose.

— Alors va planer autour des fenêtres jusqu'à ce que tu la trouves, dit Zaina, agitant sa main en direction du château.

— Il fait peut-être sombre, mais je ne suis pas exactement invisible, si ? De plus, il pourrait y avoir des barrières magiques au-dessus des murs. Et même s'il n'y en avait pas, ils pourraient garder Mandy sous terre, dit-il sèchement. Il semblait perdre patience avec Zaina.

— Tu veux dire comme dans un donjon ? demanda Tom. C'était comme Tabitha qui recommençait.

— Tom, tu ne peux pas ouvrir une Porte vers l'endroit où se trouve Mandy ? demanda Zaina. Sa bravade s'estompait. Tom pensait qu'elle imaginait peut-être aussi Mandy dans un donjon froid, humide et effrayant.

— Non, je ne peux pas ouvrir de Porte dans des maisons ou des bâtiments privés. Si nous avons atterri ici dans les bois, je dirais que les chances sont grandes qu'il y ait des barrières magiques autour du mur.

— Alors comment pouvons-nous savoir si elle est là-dedans ou pas ? demanda-t-elle.

— Quand Tabitha a été enlevée, nous l'avons trouvée à l'aide d'un sort de localisation. Une fois que nous connaissions sa position, la Professeure Montague a utilisé la projection astrale pour aller vérifier l'état de Tabitha et localiser sa position exacte. Est-ce que l'un d'entre vous peut faire de la projection astrale ? demanda-t-il.

— Techniquement, n'importe qui peut faire de la projection astrale avec assez de pratique et de concentration. Mais seuls les Sorcières et Sorciers doués peuvent le faire à volonté et contrôler où ils vont et combien de temps ils y restent, répondit Arturo.

— J'imagine qu'aucun de vous n'est doué pour ça, alors ? demanda-t-il. Ils secouèrent la tête.

Il savait que Lola et Devlin pouvaient le faire, mais ils étaient à l'Académie. Tom ne pouvait pas y aller et, même s'il leur envoyait une lettre de Voyage, il doutait qu'ils se faufilent dehors pour venir l'aider. Plus probablement, ils iraient voir le Directeur qui appellerait Mademoiselle Clémentine, et ils suggéreraient probablement le même plan d'action que lorsque Tabitha avait été enlevée.

— As-tu un sort de localisation dans ton grimoire ? Pour que nous puissions déterminer si elle est toujours ici ? demanda Tom.

— Je sais faire le sort sans le livre. Ce que je n'ai pas, c'est une carte et quelque chose qui lui appartient pour la scruter, dit Zaina.

— On peut réessayer avec la Porte, suggéra Tom.

— Ouais, faisons ça. Au pire, on se retrouve à nouveau ici, dit Arturo.

Tom sortit sa Clé, pensa à Mandy, et juste avant de normalement ouvrir la Porte, il prononça le sort qui faisait apparaître une fenêtre pour qu'ils puissent regarder à travers. C'était un sort utile pour les lieux inconnus, publics ou potentiellement bondés. La Porte restait invisible pour quiconque se trouvait à la destination cible, et les Voyageurs pouvaient déterminer s'il était sûr d'ouvrir la Porte. Ils regardèrent à travers la fenêtre et virent le château, mais sous un angle différent.

— On essaie ? demanda Tom.

— Ouais. Ça pourrait nous donner plus d'infos, dit Zaina.

Tom tourna la poignée, et ils passèrent à travers.

Ils étaient toujours dans les bois autour du château mais faisaient face à une vue latérale.

— Tu crois que ça signifie que Mandy est là-dedans, de ce côté du château ? demanda Tom.

— Je pense qu'on devrait le faire encore quelques fois jusqu'à ce qu'on revienne au même endroit, dit Arturo.

À contrecœur, Zaina admit que c'était intelligent. Mais elle suggéra aussi qu'Arturo fasse un peu de reconnaissance de ce côté du château. Plus ils en sauraient sur le château, mieux ce serait. Ils supposaient qu'ils étaient toujours en Écosse, mais ils pouvaient être n'importe où. Sans repères géographiques, ou sans téléphone à portée de main, impossible de savoir où ils se trouvaient.

— J'aimerais avoir mon téléphone, dit Tom. Pourquoi interdisent-ils les téléphones portables à l'école de magie ? Ils ne savent pas à quel point ils sont utiles ?

— Je sais ! Je pourrais prendre des photos aériennes, répondit Arturo en s'élevant du sol.

Pendant qu'il faisait son truc, Zaina répondit à la question de Tom. — En plus des téléphones qui sont interdits dans la plupart des écoles pour les raisons habituelles, ils sont interdits à l'école de magie parce qu'ils interfèrent avec notre capacité à utiliser la magie et avec les lignes telluriques. La charge électromagnétique brouille la fréquence. Je suis sûre que ce petit génie là-haut pourrait mieux l'expliquer.

Tom acquiesça, se souvenant des livres sur l'électromagnétisme qui l'attendaient à la bibliothèque. Juste au moment où il avait enfin trouvé des livres utiles, cela devait arriver. N'aurait-il jamais le temps de se préparer, de s'entraîner ? Devrait-il toujours improviser et espérer que tout se passe bien ?

— Qu'est-ce qui se passe entre vous deux ? demanda Tom. Vous ne semblez pas beaucoup vous apprécier. Il s'est passé quelque chose ?

Zaina haussa les épaules et se tourna pour regarder Arturo. Il revenait vers eux ; l'histoire devrait attendre.

— Il y a des gardes postés près des portes de ce côté aussi. Je n'ai pas pu voir ceux sur le toit d'ici.

Tom ouvrit une autre Porte et ils virent la même vue depuis cette fenêtre.

— Je suppose qu'elle est là-dedans, alors, dit Zaina. Qu'est-ce qu'on fait maintenant ?

— Je déteste dire ça, mais nous devons retourner à l'école et demander de l'aide, dit Tom.

FIN

Si vous avez aimé ce livre, merci de laisser un avis sur Amazon ou Goodreads. Les avis m'aident à atteindre de nouveaux lecteurs.

Lisez **Héritage de sang**, le prochain tome de la **Trilogie Magie de sang** !

Rejoignez mon infolettre pour recevoir des mises à jour d'écriture, les dates des prochaines parutions, les soldes et les événements.

À PROPOS DE L'AUTEURE

Des histoires positives et inspirantes.

Marie-Hélène vit à Sherbrooke, au Québec. Enseignante à la retraite, elle consacre désormais ses journées à l'écriture et à la promotion de ses oeuvres. Elle aime lire, voyager et aller à la plage. Chaque année, elle part un mois en solo vers une nouvelle partie du monde.
www.mhlebeault.com

Suivez-la sur les réseaux sociaux !

facebook.com/mhlebeaultauthor

x.com/mhlebeault

instagram.com/mhlebeault

amazon.com/author/mhlebeault

bookbub.com/authors/marie-helene-lebeault

goodreads.com/mhlebeault

linkedin.com/in/mhlebeault

tiktok.com/@mhlebeaultauthor

Autres livres de l'auteure

La série Evers - Littérature jeunesse fantastique

La clé des ancêtres

L'académie

La marcheuse du temps

Le voyageur des mondes

Magie de sang - Littérature jeunesse fantastique

Mage de sang

Magie de sang

Héritage de sang

Il était une malédiction - Romance fantastique

Une malédiction de neige et de cendres

Une malédiction d'épines et de torpeur

Une malédiction de verre et d'ombres

Une malédiction d'argent et de blessures

Hors série

Les douze vies de Clare - Réalisme magique

Utopie - Science fiction

Chroniques des cadets interstellaires - Science fiction

Frisson nocturenes - Horreur léger

Défenseurs du Royaume - Littérature jeunesse fantastique

Le combat de la flamme sacrée (Gratuit)

Traduction des 11 tomes prévue pour 2026

<u>Université du Pôle Nord</u> - Romance Paranormale

Métamorphes de Noël

Cœur de givre

Baiser de lumière

Maléfice d'hiver

Regard de feu

Fée grand-mère - Albums jeunesse pour les 3 à 7 ans

Mimi visite l'Antarctique

Mimi visite le Pôle Nord

Mimi visite la Chine

Mimi visite l'Afrique